Amélie JEANNOT

Les Enchanteurs

Tome 2

Le Village des Enchanteurs

ISBN-13 papier : 979-8563999985
ISBN-13 relié : 979-8714496561

www.ameliejeannot.com

Du même auteur

(Disponible sur AMAZON.FR en PAPIER & EBOOK)

Né pour être Sorcier

TOME 1 - LA PLUME

Recueil de Nouvelles

HISTOIRES DE MAGIE

Le Pacte de la Magie

TOME 1 - LE PACTE DE 100 ANS
TOME 2 - LA VENGEANCE DES ELFES NOIRS
TOME 3 - LA LUNE D'OCRE
TOME 4 - VOYAGE AU CŒUR DES TÉNÈBRES
TOME 5 - LA QUÊTE DU DRAGON D'ARGENT
TOME 6 - LA NOUVELLE REINE DES TÉNÈBRES
TOME 7 - L'ALCHIMIE DU TEMPS

L'Ordre des Sorciers

TOME 1 - L'EXIL DE LA SORCIÈRE
TOME 2 - LE SECRET DU MAGE ROUGE
TOME 3 - LE RETOUR DU SORCIER BANNI
TOME 4 - L'APPEL DES TÉNÈBRES
TOME 5 - LE LOLHIDAS NOIR
TOME 6 - LE CRÉPUSCULE DES MAGES
TOME 7 - LA SORCIÈRE, LE MAGE ET LES TÉNÈBRES
TOME 8 - L'ULTIME RÉVÉLATION

Les Enchanteurs

(Anciennement : Le Secret des Âmes Perdues)

TOME 1 - LA PRESQU'ÎLE MYSTÉRIEUSE
TOME 2 - LE VILLAGE DES ENCHANTEURS
TOME 3 - LE SORTILÈGE DES TÉNÈBRES

Licornes & Dragons

TOME 1 - CROYEZ-VOUS AUX LICORNES ?
TOME 2 - CROYEZ-VOUS ENCORE AUX LICORNES ?
TOME 3 - CROYEZ-VOUS TOUJOURS AUX LICORNES ?
TOME 4 - LA MALÉDICTION DES LICORNES
TOME 5 - LE RÈGNE DE LA MAGIE

La Magie de L'Ombre

(Anciennement : Le Songe de l'Innocence)

TOME 1 - L'INSTINCT DE SURVIE
TOME 2 - LE ROYAUME DE NOCTURNA
TOME 3 - LES OMBRES DE LUMIÈRE

Mémoires d'un Monde Oublié

TOME 1 - LE COMMENCEMENT
TOME 2 - LA GUERRE DE L'OMBRE
TOME 3 - LE RÈGNE DES GARDIENS
TOME 4 - LE RETOUR DES IMMORTELS

Né pour être Sorcier

Dans un monde où la magie est la norme, Gabriel, issu d'une famille d'illustres Sorciers, ne possède aucun pouvoir. Aidé de sa meilleure amie, Lina, il parvient à dissimuler son absence de magie, jusqu'à son dix-huitième anniversaire. Dénoncé par sa propre famille, Gabriel se résout à fuir.

Il abandonne le village des Sorciers pour aller vivre parmi les humains. C'est alors que ses pouvoirs commencent à se manifester. Gabriel découvre la vérité sur les Sorciers.

Une quête pleine de magie et de suspense prend place, entrainant Gabriel au coeur des secrets de la magie les plus inavouables... et les plus inavoués.

Le Pacte de la Magie

Shoushka a réussi à s'échapper du Royaume des Elfes. Avec l'aide de Benny, un humain rencontré lors de sa fuite, la jeune et jolie Elfe tente de fuir sa destinée. Mais, les Elfes Noirs sont sur ses traces.

Pourchassée jusqu'aux confins du monde, Shoushka est forcée de recourir à la magie. Cela la sauvera-t-elle ? Benny parviendra-t-il à stopper les Elfes Noirs ? Rien n'est encore joué.

L'Ordre des Sorciers

À quinze ans, Amandine Jéargo devient une Sorcière. Fille d'une Exilée, l'adolescente se voit contrainte d'intégrer le Palais Adrada, coeur du monde magique, sous une fausse identité. Aidée de ses amis, les jumeaux astraux, Paul et Sandra, ainsi que du bel et sombre Brad, Amandine est prête à tout pour découvrir le mystère qui a bouleversé l'Équilibre du monde des Sorciers, douze années plus tôt.

Le courage et la détermination des quatre amis seront-ils suffisants face au terrible secret que cache le Conseil des Mages ? Survivront-ils aux mystères du Palais Adrada ? Rien n'est moins sûr...

Les Enchanteurs

Alara a dix-huit ans. L'heure est venue pour elle de se confronter à l'épreuve initiatique de son clan. Depuis son enfance, l'adolescente rêve de devenir une Enchanteresse aux pouvoirs sans limite. Elle sait que, pour l'instant, rien n'est joué. Son destin reste encore à écrire.

Entourée de son meilleur ami, Jaoven, Alara résistera-t-elle à la terrible épreuve qui l'attend ? Parviendra-t-elle à percer le Secret des Âmes Perdues dont elle fait partie ? Surtout, Jaoven se révélera-t-il être un véritable allié, ou, au contraire, un ennemi redoutable ? Seule la destinée y répondra...

Licornes & Dragons

Les Licornes n'existent pas. Rose a huit ans lorsqu'elle entend sa mère prononcer cette phrase. Pourtant, la petite fille pressent que ce mensonge cache une réalité toute autre. Si les Licornes n'existaient pas, alors pourquoi s'acharner contre elles ?

Du haut de ses huit ans, Rose est bien décidée à percer le mystère de ces créatures mythiques, au risque de se confronter à ses pires cauchemars. Sa soif de vérité se poursuivra quand Rose partira aux Etats-Unis, dix ans plus tard.

A la recherche de sa tante disparue, Rose retrouvera-t-elle la Licorne de son enfance ? Aura-t-elle le courage d'affronter la colère des Dragons ?

La Magie de L'Ombre

Gladys est une adolescente de 17 ans… en apparence ordinaire. Pourtant, rien ne va plus dans sa vie. Tout semble lui échapper : son amitié, qu'elle croyait indéfectible, avec Léa et Jonathan, s'évapore brutalement. Lorsque Gladys pense enfin trouver du réconfort dans les bras et du mystérieux et bel Ethan, là encore, l'adolescente se retrouve seule…

Jusqu'à ce fameux soir où elle sera confrontée à son destin. Gladys choisira-t-elle de découvrir sa véritable identité ? Osera-t-elle affronter son père, le redoutable et taciturne Lucas Jouvenel ? Pour Gladys, son chemin reste à écrire…

Mémoires d'un Monde Oublié

Aléva n'a que seize ans lorsqu'elle s'éveille dans le monde de l'Ombre. L'adolescente est désormais une Gardienne. Invisible aux yeux des humains, Aléva doit veiller sur sa famille, à l'exception d'Edgar, son redoutable oncle.

C'est lui qui a envoyé Aléva dans la dimension de l'Ombre, la privant ainsi d'une vie humaine qu'elle chérissait tant. Dans son combat pour retrouver son oncle et se venger, Aléva verra s'affronter deux Gardiens qui lutteront pour son amour.

Qui d'Ewen ou de Gaël saura se faire aimer de la belle Aléva ? L'adolescente combattra ses pires démons, avant de trouver la lumière vers une existence meilleure. Aucun des Gardiens de l'Ombre n'en sortira indemne…

Ce Livre va vous apporter de la MAGIE !

Si vous aimez la **magie**, les **mystères** et la découverte de **nouveaux mondes fantastiques**, alors plongez dans la lecture et offrez-vous un beau **moment d'évasion** avec ce livre !

J'ai toujours été fascinée par les univers fantasy et fantastique. L'une de mes premières lectures a été l'incontournable saga **Harry Potter**. J'ai enchaîné avec **Le Seigneur des Anneaux**, **The Mortal Instruments**, **Twilight**, et aujourd'hui, je continue à me plonger avec délice dans les mondes d'**Assassin Royal**, de **Game of Thrones**, **Les Chevaliers d'Emeraude**, ou encore, **La Passe-miroir** et les **Gardiens des Cités Perdues**.

A présent, c'est à mon tour de vous faire entrer dans un **univers plein de magie**, où vous côtoierez des personnages aux **puissants pouvoirs**, des **secrets inavoués** (et peut-être inavouables), des intrigues fascinantes. J'ai imaginé ces histoires pour vous faire vivre un moment unique de **suspense**, d'aventures **fantastiques** mais aussi plein de **magie** et de **sortilèges** les plus incroyables les uns que les autres !

C'est mon cadeau, à vous lecteurs, vous offrir et vous faire partager ce rêve en compagnie des plus **étonnantes créatures** et **sorciers** qui existent et sont nés dans mon imaginaire, et qui feront partie du vôtre !

Amélie JEANNOT

«Souviens-toi, plus tard, quand tu seras grand, que les monstres les plus redoutables sont invisibles. C'est justement ce qui les rend si dangereux. Il faut apprendre à les flairer.»

Les Enchanteurs (1973) de Romain Gary

Les Enchanteurs

Tome 2

Le Village des Enchanteurs

Chapitre 1 :
Trahison

1

— Jaoven ! Loïc nous attend… Dépêche-toi !
— J'arrive, réponds-je, agacé de n'avoir pas une minute à moi.

Ce soir s'achève le dernier jour de ma formation. Dès demain, je retrouverai Alara, après une séparation de deux semaines. Si je suis complètement honnête, je dois reconnaître qu'elle m'a manqué. Malgré notre violente dispute, je continue à l'aimer.

Oh ! J'ai bien essayé de lutter contre ce sentiment, mais, chaque fois, il revient prenant plus de place dans mon âme. Lorsque j'analyse la situation, je prends conscience qu'Alara s'est fâchée au moment où elle a été informée de mon histoire avec Klaoda. Je suis persuadé qu'elle a éprouvé de la jalousie : Alara m'aime donc ! Cette seule idée suffit à me motiver pour aider les Âmes Perdues, car il me permet de rester auprès d'elle. Sans cela, j'avoue que j'aurais flanché plus d'une fois.

Tristane me jette un regard noir : nous avons dix minutes de retard. Or, Loïc est strictement attaché à la ponctualité. Prudent, je m'arrête devant la porte de l'habitation de l'Enchanteur. Je m'apprête à frapper, lorsque la porte s'efface, laissant apparaître un Loïc, fait rare, souriant et à l'air enjoué.

— Désolée, s'excuse Tristane en me fusillant du regard. Nous sommes en…

D'un geste de la main, son compère la réduit au silence.

— Peu importe, assène-t-il d'un ton plein d'entrain. Une fois n'est pas coutume. Mais ne restez pas plantés là ! nous gronde-t-il gentiment. Venez à l'intérieur, j'ai préparé une surprise.

Intrigué, je jette un coup d'œil interrogateur à Tristane. Pour toute réponse, celle-ci hausse les épaules, puis, elle me pousse dans l'habitation. Je débouche alors dans une grande pièce rectangulaire, très lumineuse. Un épais tapis de laine blanche recouvre le sol. Sur le mur du fond, j'aperçois un escalier en colimaçon qui s'envole vers un étage. Une bibliothèque, dont les rayonnages montent jusqu'au plafond, orne un pan entier de mur. Pourtant, je ne discerne que quelques volumes épars, placés ici et là sur les étagères. A gauche, une baie vitrée remplace le mur. Curieusement, je ne l'ai pas remarqué de l'extérieur ; mais, depuis le salon, je peux distinguer ce qui se passe au-dehors.

A nouveau, je suis impressionnée par la maîtrise de la magie des Enchanteurs. La pièce dans laquelle nous nous trouvons tous les trois est un salon, spécialement aménagé pour l'occasion.

Au centre, sur une table ronde, en métal argenté, des mets odorants et colorés sont disposés dans des plats de porcelaine. Mon estomac gargouille en humant le fumet qui s'en dégage. Je me souviens alors que je n'ai rien avalé de la journée. Depuis mon réveil, je ne cesse de me répéter qu'il s'agit de mon dernier jour d'entraînement. Le temps s'est écoulé tellement vite ! Même si je suis content de revoir Alara dès demain, j'appréhende la suite de ma formation. Ces deux semaines passées ont été intenses. L'apprentissage de la magie s'est avéré plutôt difficile. Les premiers jours m'ont littéralement épuisé.

A présent, bien que je me sente plus à l'aise, la magie, lorsque je l'invoque, me vide de mes forces. Ni Tristane, ni Loïc ne s'en sont inquiétés ; au contraire, ils estiment que ce processus est normal. L'assimilation de la magie, de la vraie magie, pas le pseudo apprentissage qui nous a été dispensé par les Ravisseurs, constitue en soi une épreuve. Mais, je m'en suis sorti et j'ai survécu. C'est en cet honneur que Loïc et Tristane ont décidé de fêter la fin de l'entraînement. Je ne sais si je dois vraiment le prendre pour une reconnaissance de mes talents.

Quoi qu'il en soit, je suis heureux de prolonger la journée en leur compagnie. La perspective de rejoindre mon habitation ne me réjouit guère. La solitude commence à me peser. C'est ainsi que je ressens le besoin de m'évader, en pensée.

Tandis que Loïc s'affaire à disposer les couverts, il nous invite à prendre place autour de la table. De loin, j'inspecte les étagères de la bibliothèque. A maintes reprises, Tristane m'a expliqué que les ouvrages ne deviendront visibles qu'au fur et à mesure de l'amélioration de ma connaissance de la magie. Je me sens frustré de ne pouvoir encore les feuilleter, les étudier.

— Si je vous ai réunis, déclare Loïc sur un ton empreint de solennité, c'est parce que Tristane et moi avons une annonce à faire, Jaoven.

Pendant ce temps, Tristane remplit nos verres avec une bouteille, d'où un liquide vert pomme s'échappe. Je n'ai jamais vu de boisson ayant une telle couleur. Le plus discrètement possible, j'essaie de déchiffrer l'étiquette sur la bouteille : « *Mirnulyta. A ne consommer qu'à la nuit tombée.* » Aussitôt, je me tourne vers la baie vitrée. Au-dehors, les ombres nocturnes s'abattent sur le village. S'il est un enseignement que je retiens de mes deux semaines de formation, c'est qu'il faut toujours se fier à ce qui est écrit sur une bouteille, un flacon ou un verre à essai, particulièrement s'il appartient à un Enchanteur.

— C'est une potion de régénérescence, m'informe Tristane, devinant ma question muette. Elle ne s'ingurgite que la nuit, car elle contient de l'extrait de lumière solaire… Si jamais tu t'avisais d'en boire en plein jour, ton corps exploserait au contact des rayons du soleil.

— A quoi sert-elle exactement ? m'enquiers-je.

— Hé bien, répond Tristane, sa fonction principale consiste à redonner toute son énergie à un organisme… Le mirnulyta permet de soigner *in extremis* un blessé, même si ses chances sont inexistantes. C'est ainsi qu'Alara a pu guérir. Audren lui a injecté au moins un litre de cette potion. Sans cela, le poison, la fleur des vents, l'aurait condamnée.

— En ce qui te concerne, enchaîne Loïc d'un ton plus léger, le mirnulyta revigorera ton organisme… Tu te sentiras comme neuf, plaisante-t-il en me donnant un coup de coude amical. Et surtout, prêt à relever de nouveaux défis !

Je manque de m'étouffer en avalant la potion. Je sais que Loïc ne plaisante jamais lorsqu'il est sujet de la magie. Un instant, je m'imagine revivre les épreuves dans la bâtisse de verre. Brusquement, ma mémoire refait surface : je visualise alors l'énorme requin blanc à trois têtes, essayant de me dévorer, suivi d'une attaque de fourmis géantes… J'ai eu un mal fou à les combattre. Cependant, j'y suis parvenu ; et c'est tout ce qui compte.

Absolument tout.

— Tu disais avoir une annonce à faire ? dis-je en m'éclaircissant la voix.

Tandis que j'interroge Loïc, le mirnulyta commence à manifester ses effets. Une chaleur douce baigne mon organisme : j'ai l'impression d'être assis en plein soleil sur une plage, et que mon corps se délecte de la caresse des rayons diurnes. Déjà, une énergie nouvelle s'infiltre en moi.

— Voilà, débute Loïc, perdant tout à coup de sa superbe, nous avons… Enfin…

— Tes parents nous ont contactés, lâche subitement Tristane, ignorant le regard outré de son ami. Elina et Elarig ont réussi à faire parvenir une lettre à Alexan...

Elle s'interrompt brusquement. Dans ma tête, les idées se bousculent. La confusion s'installe, mais je la repousse de toutes mes forces. Il me faut penser clairement, rester lucide et en possession de mes moyens, ainsi que je l'ai toujours fait.

— Mes parents vous ont écrit ? m'exclamé-je, abasourdi par la nouvelle.

— Ils ont adressé un message aux Âmes Perdues, rectifie Loïc, sur la réserve. Elina et Elarig étaient proches d'Alexandre, avant que la malédiction ne soit prononcée. Il était notre chef, à l'époque. Il leur a ainsi inculqué certains des mots interdits, notamment celui permettant de transmettre une lettre ou un objet, d'un endroit à un autre…

— J'ai peur de ne pas saisir, bredouillé-je, accusant le choc. Tristane, dis-je me tournant vers la jeune femme, tu as déclaré que la lettre avait été envoyée à Alexandre, n'est-ce pas ?

Les deux amis échangent un bref regard. Leur expression est insondable, malgré mes efforts pour la déchiffrer. Cette consultation silencieuse se poursuit quelques instants avant que Loïc ne s'exprime enfin d'une voix sévère :

— C'est juste, Jaoven. Toutefois, nous n'étions pas censés te révéler cet… élément.

— Alexandre est vivant, poursuis-je, réfléchissant à voix haute. Et je suppose qu'il est encore le chef des Âmes Perdues ?

— La situation est plus complexe, intervient Tristane, plus douce que Loïc. Mais, tu as raison : Alexandre est demeuré au village. Il vit caché parmi nous… Peu d'entre nous le connaissent sous son véritable nom.

— Cela suffit ! coupe sèchement Loïc, mettant un terme définitif à cette conversation. Tout ce que tu dois savoir, Jaoven, continue-t-il en fixant son attention sur moi, c'est qu'Alara n'est pas au courant de ce détail.

— Et il n'est nullement nécessaire qu'elle le soit, ajoute Tristane avec précipitation.

Cette fois, elle semble craindre la colère de Loïc. Mais n'est-ce pas plutôt celle d'Alexandre, s'il venait à apprendre qu'elle m'a accidentellement révélé son existence ? De toute manière, je décide de me centrer sur l'essentiel : le message envoyé par mes parents.

— Pou… Pourrais-je lire la lettre d'Elarig et d'Elina ? demandé-je d'une voix pleine d'espoir.

Il me semble que cela fait une éternité que je n'ai pas eu de leurs nouvelles.

— Nous avons organisé cette soirée notamment pour te la remettre, m'apprend Loïc.

D'un claquement de doigts, il fait apparaître un

parchemin de cinq centimètres de large, enroulé sur lui-même, dans mon assiette. Un ruban rouge le maintient fermé. Mes mains tremblent en dépliant la lettre. Je dois m'y reprendre à deux fois afin de parvenir à déchiffrer l'écriture saccadée qui est, à n'en pas douter, celle de mon père. La lettre est courte, mais elle dit l'essentiel sur la situation de mes parents. L'inquiétude, qui ne m'a pas quitté depuis que j'ai rejoint le village des Âmes Perdues, est confirmée par cette missive.

— Ils sont en danger ! m'écrié-je en relevant la tête. Mes parents ont réussi à se barricader à l'intérieur de la maison, grâce à la magie, mais Breval et ses partisans tentent chaque jour d'annuler le sortilège. Elarig pense qu'ils sont proches d'y parvenir, terminé-je, la voix brisée.

— Calme-toi, dit Tristane d'une voix qui se veut réconfortante. Pour l'instant, Breval n'a pas réussi. Tu oublies qu'Elina possède une excellente connaissance de la magie.

— Écoute Tristane, enchaîne Loïc, d'une voix radoucie, en me posant une main sur l'épaule. Tes parents ont survécu cent douze ans au sein d'un clan qui leur est hostile... Je suis convaincu qu'ils résisteront encore quelques jours. Le Conseil planifie actuellement l'attaque que nous mènerons contre les Ravisseurs...

— Combien de temps faudra-t-il pour que vous vous décidiez à agir ? m'emporté-je, cherchant à réprimer les larmes qui me montent aux yeux. Combien de temps ?

— Une semaine tout au plus, me répond Loïc. Il est primordial qu'Alara et toi acheviez votre formation. Nous n'avons pas le choix, conclut-il, paraissant désolé.

— Et si mes parents ne tiennent pas jusque-là ?

rétorqué-je en me levant. Les Âmes Perdues sont-elles prêtes à sacrifier leurs propres alliés ?

— Souviens-toi qu'Elarig et Elina n'ont pas toujours été de notre côté, Jaoven, repartit Loïc, gagné par l'énervement à son tour. S'ils ont été touchés par la malédiction, c'est que ton père, en particulier, considérait que les Enchanteurs se devaient de partager leurs pouvoirs avec les humains ! Alors qu'il s'agit d'une partie de notre âme, Jaoven. Elarig a participé au complot ourdi par Breval… Ton père a volé les pierres de pouvoir.

— Est-ce vrai ? lancé-je, interloqué.

— Oui, Jaoven, me répond Tristane d'une voix grave. C'est après avoir appris les véritables desseins de Breval, à savoir dominer le reste du monde, qu'Elarig s'est rebellé. Mais il était trop tard…

Cette fois, le choc est trop rude pour que je puisse l'encaisser. Fou de douleur et de colère, je me rue vers la porte d'entrée. Avant de quitter l'habitation de Loïc, je me tourne vers lui, le corps parcouru de frissons :

— Sache Loïc qu'on a toujours le choix… toujours ! m'entends-je hurler.

Tristane et l'Enchanteur me dévisagent ; ce que je découvre sur leurs figures alimentent mon courroux de plus belle. Leur pitié mêlée d'une certaine culpabilité m'est encore plus intolérable que d'avoir à affronter leur colère, qui ne vient cependant pas.

J'ai conscience d'être dans un état second. Tristane se lève, esquissant un pas vers moi. Je choisis ce moment pour m'enfuir en courant, car alors, je n'ai plus la force de retenir mes larmes. La douleur du destin funeste qui attend mes parents si Breval les attrape me submerge. Je suis incapable d'émettre la moindre pensée cohérente. Dans mon esprit, tout n'est que souffrance et angoisse.

Cette nuit-là, je ne dors pas beaucoup. Lorsque l'aube se lève, je me promets de tout faire pour venir en aide à mes parents.

2

Comme tous les jours depuis deux semaines, je me rends à l'extrémité est du village. Près de l'arène où Alara et moi avons subi les épreuves de l'infernale bâtisse de verre, se trouve un champ, précédant une plage à l'aspect sauvage. Tristane et Loïc m'ont dispensé leur savoir dans cet endroit. J'ai appris à maîtriser les quatre éléments ; je parviens à peine à les combiner, mais je m'en sors plutôt bien.

Cela fait une heure que le soleil est levé. Tristane et Loïc ne me rejoindront pas avant deux ou trois heures. Je dispose donc d'un peu de temps devant moi pour m'exercer. De plus, j'ai besoin de me vider la tête. Ma dispute d'hier avec Loïc alimente en mon esprit une colère toujours aussi vivace. Je décide de commencer par les sortilèges de terre.

D'abord, je plaque les bras le long de mon corps ; puis, lorsque j'ai rassemblé toute mon énergie dans mes bras, je les relève lentement. Au fur et à mesure que j'effectue cet exercice, je perçois des craquements dans le sol. Le bruit s'intensifie jusqu'à ce que huit racines, semblables à des lianes marron entortillées, émergent de la terre. Je m'arrête quand mes bras arrivent au-dessus de ma tête. Hauts d'environ un mètre cinquante, huit jeunes arbres s'offrent à ma vue.

— Bravo ! retentit une voix familière, accompagnée de quelques applaudissements vigoureux. C'est une belle réussite, Jaoven !

Sans me retourner, je réponds avec le plus grand calme qu'il m'est possible :

— Bonjour Tristane… Je ne savais pas que tu étais si matinale.

Mon ton est sec, probablement un peu trop cassant, car, en vérité, j'apprécie Tristane. Ces deux semaines passées en sa compagnie m'ont permis de mieux la connaître. Au début, je la trouvais arrogante et lui portais peu d'intérêt. Avec le temps, j'ai compris qu'il s'agissait d'une carapace. Tristane est, certes, avec Audren, l'une des rares Âmes Perdues nées avec de la magie en elle. Toutefois, elle en a payé le prix.

Depuis son enfance, soit depuis que ses pouvoirs sont apparus, à l'âge de quatre ans, Tristane s'est à la fois sentie et a été mise à l'écart par les autres enfants. Elle était différente, donc enviée pour sa magie. Le pire a été lorsque la jalousie s'est manifestée dans sa propre famille : sa sœur l'a rejetée violemment. Elle prenait grand soin de l'éviter, et racontait partout que Tristane ne s'intéressait qu'à la magie, et qu'elle méprisait les Âmes Perdues, incapables de recourir à la magie.

Face à la détresse de Tristane, ses parents n'ont pas réagi. Ils ont laissé faire leur fille, la rendant malheureuse. Cependant, mon amie (je crois que c'est le terme qui convient) est d'une nature combative. A l'âge de dix-sept ans, elle est allée trouver Oana et lui a demandé de la faire intégrer le Conseil, arguant que sa maîtrise de la magie lui procurait un autre regard sur le clan. En réalité, malgré les mesquineries, les méchancetés diverses et variées que Tristane avait subies, celle-ci n'avait nul autre désir que de contribuer à protéger son plan. Je crois, qu'au fond d'elle-même, que si Tristane est si impliquée dans l'élaboration d'un plan pour permettre aux Âmes Perdues de récupérer leurs pouvoirs, c'est parce qu'elle sait que, ce jour-là, sa différence disparaîtra.

Ainsi, ceux de son clan la verront tel qu'elle est véritablement : une femme combative, pleine de talent et de convictions. Pour être tout à fait franc, j'admire sa détermination.

— Jaoven, soupire-t-elle en se plaçant à côté de moi. Tu es encore fâché, n'est-ce pas ?

Sans la regarder, je réponds par un prompt hochement de tête.

— Hé bien, tu as tort, mon ami, me déclare-t-elle d'une voix faussement peinée. J'ai parlé longuement avec

Loïc, après ta sortie théâtrale, m'informe Tristane. Et nous sommes arrivés à la conclusion que…

Mon amie laisse sa phrase en suspens. Je boue d'impatience, mais je refuse de le lui montrer. Au bout d'une interminable minute, je n'y tiens plus et m'écrie, donnant libre cours à ma colère :

— Si c'est pour me confirmer ce que je pense, à savoir que les membres du Conseil se moquent de ce qui peut arriver à mes parents…

Je m'interromps en distinguant un léger sourire en coin se dessiner sur le visage de Tristane. Devant mon air stupéfié, mon amie éclate franchement de rire. Elle s'en excuse aussitôt.

— Désolée, Jaoven, me dit-elle d'une voix secouée par quelques rires, mais tu es tellement buté. Je suis persuadée que même Loïc... Bref, lance-t-elle en retrouvant brusquement son sérieux après le regard noir que je lui jette. Nous avons décidé de convoquer le Conseil. Nous nous réunirons donc cet après-midi afin d'envisager une stratégie pour secourir Elarig et Elina.

J'en reste bouche bée. Vraiment, je ne m'y attendais pas. D'ordinaire, les personnes que je côtoie sont peu enclines à se remettre en question, ni à tenir compte de mon opinion. La brutalité des Ravisseurs a gravé son empreinte sur mon esprit, y laissant plusieurs meurtrissures, dont certaines ne cicatriseront peut-être jamais.

— Merci ! m'exclamé-je en prenant Tristane dans

mes bras, dans un mouvement spontané. Je ferai tout ce qui est mon pouvoir pour vous aider, dis-je en la relâchant, sentant les larmes me monter aux yeux.

— Oh ! repartit-elle. Pour cela, tu n'auras guère longtemps à attendre…

Tristane s'interrompt au milieu de sa phrase. Son regard accroche l'horizon, dans mon dos. Soudain, elle se met à gesticuler. Sur son visage se lit un sourire éclatant.

— Bienvenue ! lance une Tristane enthousiaste. Audren, Alara, les salue-t-elle lorsqu'ils arrivent dans le champ.

Un instant, mon corps entier est comme pétrifié. Les battements de mon cœur accélèrent, avant de retrouver un rythme normal. Les émotions se bousculent en moi : colère, joie, trouble… Je les balaie d'un geste de la main. Il est temps d'affronter le présent.

En me retournant, je tombe nez-à-nez avec Audren. Celui-ci me dévisage, comme s'il examinait une créature inconnue. Je n'aime pas son regard. A vrai dire, le fils d'Oana m'est profondément antipathique. Ce sentiment s'accroît lorsque je constate qu'Alara se tient à son côté, sa main glissée dans celle d'Audren.

— Bonjour Alara, dis-je, après avoir adressé un bref salut au fils d'Oana.

— Jaoven, me répond-elle, je suis heureuse de te revoir.

Ma colère se dissipe d'un coup : Alara paraît sincère. Et puis, elle m'a tellement manqué que je suis prêt à lui pardonner notre dispute. Après tout, j'ai également ma part de responsabilité dans notre altercation. Audren, bien que je ne l'aime pas, a la délicatesse d'aller s'entretenir avec Tristane, nous laissant seuls, Alara et moi.

— Je suis désolée pour ce que je t'ai dit, me confie-t-elle d'un ton touchant de sincérité. Je n'aurais pas dû me montrer aussi dure… Mais, tu sais, j'ai réfléchi, m'annonce Alara, affermissant sa voix. J'ai réalisé que tes parents te manquaient. Pour ma part, c'est différent : Adenora et Madog n'ont que peu manifesté leur attachement à mon égard, et je le leur rends bien. A présent, je me rends compte que s'il s'était s'agi de toi, Jaoven, cela aurait été une déchirure de devoir te laisser derrière.

Pendant un moment, je la contemple en silence. J'ai la gorge nouée par l'émotion. Pour la première fois depuis que nous nous fréquentons, Alara m'a avoué l'affection qu'elle me porte. Un instant, je suis tenté de prétendre qu'Audren n'existe pas. Pourtant, refuser d'accepter la vérité reviendrait à m'infliger une douleur plus pénible encore. Il est vrai que j'ai eu l'impression de recevoir un poignard dans le cœur en apercevant Alara avec Audren. Soudain, je réalise que je préfère encore ne pas être avec Alara tel que je le désirerais, plutôt que de la rayer de ma vie… définitivement.

— Moi non plus, je n'ai pas été exemplaire, finis-je par répondre, d'une voix enrouée. J'aurais dû essayer de te parler.

— C'est faux ! me coupe-t-elle. Tu n'aurais pas pu me confier certaines vérités sur notre clan, sans t'exposer. Et puis, ajoute Alara après une courte pause, ma mémoire s'est ravivée… Je me rappelle de plusieurs conversations avec Elina, dans le cottage… Maintenant que nous avons quitté la presqu'île, son enchantement a perdu en puissance.

— Je m'en doutais, avoué-je. A propos de Klaoda, je…

— Tu as le droit… Enfin, c'est ta vie, lâche-t-elle brutalement. J'étais blessée que tu ne m'en parles pas. Ce n'était pas de la jalousie, simplement, j'ai eu l'impression que tu ne m'accordais pas ta confiance.

Le poignard vient de s'enfoncer un peu plus dans ma poitrine. Je peux ressentir sa lame froide me glacer le cœur. Son aveu provoque une douleur aiguë. Comme toujours, je me contrôle. Il s'agit d'une réaction de survie : au sein du clan des Ravisseurs, j'étais à chaque instant sur le qui-vive, redoutant que Breval, Izolda, Adenora ou même les Aînés ne découvrent que je n'étais pas qui je prétendais être, que je connaissais la vérité et que je ne pourrais être qu'un ennemi à abattre.

Aujourd'hui, j'ai conservé cette peur, bien que je puisse me montrer davantage tel que je suis. Ce comportement est désormais un réflexe, dans lequel mon instinct puise abondamment. C'est en serrant à peine les poings, afin de canaliser le choc que je viens de recevoir que je lui réponds :

— Je suis content que nous ayons éclairci ce point, Alara.

Auparavant, je ne lui avais jamais menti, à l'exception des vérités sur notre clan. Mais je vivais chaque jour avec l'espoir qu'il serait celui où je pourrais tout lui révéler. Désormais, un gouffre existe entre nous.

Ses traits se détendent, puis, elle me sourit. Dans ce geste, j'y lis une évidente affection. A ce stade, je préférerais y déceler de l'indifférence. Heureusement, Audren et Tristane choisissent de nous rejoindre à cet instant. Ils nous informent que, puisque nous sommes déjà rassemblés, l'entraînement commencera plus tôt. Lorsque je m'enquiers de la présence de Loïc, Tristane m'adresse un clin d'œil empreint de complicité.

— Loïc travaille sur une question... stratégique avec Oana. Il supervisera l'entraînement dès demain, m'assure Tristane avant de me pousser vers l'entrée de l'arène.

Dans un mouvement identique et parfaitement synchrone, Alara et moi nous figeons en comprenant que la formation se déroulera dans l'enceinte de l'arène.

— Je... Je ne suis pas s..., bégaie-t-elle.

— Détendez-vous ! nous lance Audren en saisissant Alara par les épaules afin de la conduire vers l'arène. Ni toi, ni Jaoven n'aurez plus à subir les épreuves de la bâtisse des néophytes.

— La bâtisse des néophytes ? répète Alara, surprise. C'est donc ainsi que se nomme cette demeure cauchemardesque ?

— Oui, confirme Tristane. Nous avons besoin d'espace... de beaucoup d'espace pour la leçon qui suit. Et de préférence, un lieu qui soit abrité des regards indiscrets, nous explique-t-elle sur un ton des plus énigmatiques.

Cinq minutes plus tard, nous entrons dans l'arène. Je suis époustouflé par sa dimension : plus de trente mètres de long, sur dix mètres de large. Les gradins, qui avaient été installés le soir de l'examen, ont disparu. A présent, seul un épais mur de pierre nous sépare du reste du village. Aucun bruit ne nous parvient plus de l'extérieur. Un silence lourd règne dans l'arène, jusqu'à ce qu'Audren le brise :

— Aujourd'hui, vous allez apprendre à vous battre ! Car, lorsque vous défierez les Ravisseurs, il vous faudra être initiés aux techniques de combat des Enchanteurs, autrement…

— … vous ne tiendrez pas une minute, complète Tristane en prenant un air impitoyable.

— Mais nous avons déjà appris à combattre, chez les Ravisseurs, contesté-je. Sincèrement, je n'ai guère envie de revivre une telle leçon. Et je suppose qu'Alara non plus.

Celle-ci déglutit, en même temps qu'elle acquiesce. Je devine qu'un goût amer l'envahit en songeant qu'au cours de la dernière leçon d'Izolda, Alara a vaincu Alan, allant jusqu'à le blesser pour assurer sa victoire. A présent que notre ami n'est plus (je ne doute pas de la cruauté des Ravisseurs à son égard), ce souvenir lui pèse, presqu'autant qu'il ranime en mon esprit de sombres et tristes pensées.

— Notre enseignement ne sera pas aussi rude que celui que vous avez suivi, repartit aussitôt Audren, se voulant rassurant. Les Âmes Perdues considèrent qu'il est honorable de se défendre, si l'on est attaqué. Ainsi, nous ne vous inculquerons que des techniques de défense.

— Très bien, allons-y ! déclare Alara, sur un ton décidé.

— D'accord, approuvé-je, me joignant à elle. Montrez-nous comment nous battre.

3

Une heure s'est écoulée. Je suis en nage. Mes vêtements se collent à ma peau, alourdissant chacun de mes mouvements. Mais l'adrénaline continue à se distiller dans mes veines, faisant redoubler mes battements cardiaques. Je suis au bout de l'arène. A chaque instant, mon adversaire peut surgir. Mes sens sont en éveil. Tel un animal, je guette l'arène. Mes yeux me brûlent à force de scruter le sable qui jonche le sol de l'arène.

Soudain, Tristane apparaît à ma droite. Elle n'est qu'à cent mètres de moi. Dans sa main droite, je distingue un long bâton de combat ; dans l'autre main, un éclat métallique m'éblouit un bref instant. Un rayon de soleil vient de révéler le poignard qu'elle tentait de dissimuler. Pendant cinq secondes, nous nous observons, semblables à deux cow-boys avant un duel. Je la jauge, évalue les dégâts qu'elle peut m'infliger si je laisse Tristane m'attaquer.

Dans cette arène, je me rappelle qu'elle n'est pas mon amie : simplement une adversaire que je dois empêcher de m'atteindre.

Tout à coup, un puissant vent souffle sur le sol. Les grains de sable s'élèvent dans les airs, volant à toute vitesse dans ma direction. Tristane a utilisé la force du vent pour me distraire. Ma vision se brouille, lorsque des grains de sable se jettent littéralement sur mes yeux.

A présent, le vent siffle à mes oreilles. Tristane vient de provoquer une véritable micro tempête de sable. Par réflexe, je me couche à terre ; j'évite de justesse le poignard. Celui-ci se plante dans le sol à mes pieds. La silhouette de Tristane se rapproche ; mon adversaire me cherche, car la tempête de sable rend impossible toute visibilité à plus de cinq mètres. Pour l'instant, je suis protégé, mais si je ne bouge pas très rapidement, Tristane me repérera.

C'est alors que germe en mon esprit une idée folle et audacieuse… une idée qui peut me permettre de remporter ce duel. Sans hésiter, je bondis sur mes pieds. Puis, comme me l'a appris Loïc, je m'élance dans les airs. Mes jambes finissent par quitter le sol. Je décolle, grâce à la force de l'air. La tempête, une fois de plus, redouble d'intensité. Tristane avance à l'aveugle. Je saisis cette chance pour me placer derrière elle. Je pense la surprendre, mais au moment où je vais fondre sur elle, Tristane se retourne et s'élance à son tour dans les airs. D'instinct, je m'agrippe à sa veste. Mon adversaire m'entraîne avec elle dans les airs. Notre envolée déclenche un mini tourbillon au cœur de la tempête.

— Tu ne me vaincras pas ! me siffle-t-elle avec aplomb.

— Désolé, Tristane… Mais je vais gagner !

Subitement, je m'accroche à ses épaules. Tristane essaie de me toucher avec son bâton de combat. Un mouvement latéral m'évite un coup douloureux dans les côtes. Son arme rencontre le vide, la déséquilibrant. Tristane perd de l'altitude. J'en profite pour saisir de toutes mes forces son bâton, tandis qu'elle fonce vers le sol.

Néanmoins, elle tient bon et se reprend : mon adversaire s'élève à nouveau dans les airs. J'ignore à quelle hauteur nous volons. La tempête de sable nous enveloppe, et brouille ma vision. Pour l'instant, il n'y a que moi et Tristane… et son arme. Nos quatre mains sont accrochées au bâton. Je ferme alors les yeux : si seulement il me restait assez d'énergie pour utiliser la magie de l'air. Tristane pousse un cri. Mon sortilège a fonctionné, je suis parvenu à créer un trou d'air. Subitement happée par le vide, mon assaillante lâche son arme. D'ici peu, elle s'écrasera sur le sol de l'arène.

Un bref instant, je suis tentée de lui venir en aide. Toutefois, Audren et Tristane m'ont mis en garde : chaque fois qu'une telle pensée surgit, il me suffit d'imaginer qu'il s'agit de Breval. Et cela marche. J'entame ma redescente vers le sol, en effectuant de petits cercles en courant. J'ai l'impression de surfer sur le vent. Cette sensation est délicieuse. Mais je ne m'abandonne pas à ce plaisir et je brise aussitôt le bâton de Tristane. Peu à peu, la tempête s'affaiblit, jusqu'à disparaître complètement, lorsque j'atteins ma destination.

Mes lèvres s'étirent en un sourire victorieux. Nonchalamment, je jette les débris du bâton par terre. L'arène a retrouvé son calme ordinaire. Pourtant, quelque chose ne va pas. Je n'aperçois Tristane nulle part. Paniqué, je fais un tour sur moi-même.

Bon sang ! Où peut-elle être ? Je fais un pas en arrière. Mon pied butte sur un rocher. Je bascule et m'affale de tout mon long. C'est alors que je réalise qu'il n'y a pas de pierres dans l'arène, seulement du sable. Mais il est trop tard pour réagir. Tristane, qui s'était dissimulée sous un tas de sable, sort de sa cachette. Au passage, elle s'empare d'un bout de son bâton et, tel un fauve, bondit sur moi, la pointe du bâton brisé orientée contre ma gorge.

— Perdu ! s'écrie-t-elle d'un air triomphant.

Audren et Alara se matérialisent, comme par magie. Le fils d'Oana affiche une expression sévère. Tristane s'écarte alors de moi. Elle m'offre sa main pour m'aider à me relever. Je marmonne une réponse incompréhensible et me mets sur pied par mes propres moyens.

— Tu t'en es pas mal sorti, me complimente Audren, ce qui contraste avec la gravité de son expression. Mais, tu n'as pas été assez vigilant. Quelle a été ton erreur ? m'interroge-t-il alors.

— J'aurais dû conserver les débris du bâton, repartis-je immédiatement.

— Et ? me questionne Tristane.

— Et, j'aurais dû immobiliser mon attaquante au sol, avant de crier victoire ! dis-je, prenant un air boudeur.

— Tu feras mieux la prochaine fois, m'encourage Alara. De mon point de vue, tu sembles plutôt doué, ajoute-t-elle d'une voix sincère.

— C'est vrai, confirme Audren. Toutefois, me met-il en garde, ne laisse jamais ton arrogance te duper. Tu peux t'estimer hors de danger uniquement si tu es assuré que ton assaillant ne peut plus te frapper.

Mon humeur s'allège : je hoche la tête. Tristane et Audren sont d'accord pour reconnaître que j'ai du talent pour me battre. A vrai dire, les Âmes Perdues appellent ces techniques de défense : l'art de la survie. En mon for intérieur, le nom me paraît tout à fait approprié. Bientôt, Alara et moi combattrons dans le but de survivre. Pour les Âmes Perdues, l'enjeu est autre, puisqu'il s'agit de reconstituer leur âme grâce aux pierres de pouvoirs. Elles désirent revivre, quand Alara et moi n'avons pas encore obtenu le droit d'être libres.

La voix de Tristane m'arrache à ces cogitations, pleines de lucidité.

— Maintenant, Alara, c'est à toi de jouer !

Audren m'emmène dans un recoin de l'arène. Une porte de petites dimensions se dessine dans le mur de pierre. Le fils d'Oana m'invite à l'ouvrir ; je m'exécute. Un escalier en colimaçon apparaît. Je m'y engouffre. L'ascension me donne le tournis ; je préfère de loin surfer sur le vent. Cependant, je m'abstiens de tout commentaire. Audren, en dépit de sa tranquillité apparente, me semble imprévisible.

L'escalier débouche sur un unique palier. A nouveau, nous nous trouvons à l'air libre. Je réalise que nous nous situons dans la tribune que j'avais aperçue le soir de l'épreuve infernale dans la bâtisse de verre.

— Nous l'avons rendue invisible, m'annonce Audren en s'asseyant sur un banc au premier rang.

— Quoi donc ?

— La tribune… Nous sommes ainsi placés pour observer le duel entre Alara et Tristane, déclare-t-il d'un ton enjoué, comme s'il allait assister à un spectacle des plus réjouissants.

Pour ma part, j'ai également hâte de voir comment s'en sort Alara. Après une dizaine de minutes, il s'avère que mon amie n'est pas aussi habile en combat qu'elle l'est avec les sortilèges. Tristane ne l'épargne pas. Alara encaisse les coups, les uns après les autres. Une frappe particulièrement brutale de Tristane dans sa mâchoire me fait serrer les dents. J'ai mal pour Alara.

Pourtant, elle se relève, revenant à la charge. Du sang coule de ses lèvres. Je remarque que mon amie boitille légèrement. Ce spectacle devient difficilement supportable. Mon attention se porte alors vers Audren. Ce dernier observe, stoïque, la victoire écrasante de Tristane. Un instant, je m'imagine qu'il va interrompre le combat, mais il n'en fait rien. Au lieu de cela, Audren détourne les yeux.

— On m'a rapporté ton altercation avec Loïc, me

lance-t-il en se tournant de trois quarts, de façon à me regarder.

— Les nouvelles vont vite, répliqué-je, une pointe d'amertume dans la voix.

Ignorant mes propos, Audren enchaîne sur un ton calme :

— Le Conseil s'est engagé à t'aider à sauver Elina et Elarig. Il n'est pas dans nos habitudes de renier notre parole.

— Je suis au courant qu'un Conseil aura lieu cet après-midi afin de décider si, oui ou non, les Âmes Perdues me laisseront intervenir.

Ma voix tremble un peu, lorsque je m'adresse à Audren. Malgré mes efforts pour me maîtriser, j'ai toutes les peines du monde à masquer un reste de colère.

— Nous devons veiller à notre sécurité, me répond-il avec autorité, ainsi qu'à la tienne et à celle d'Alara. Cela fait tellement longtemps que nous nous préparons à récupérer nos pouvoirs… Tu ne peux pas comprendre, conclut Audren, le visage fermé.

— Ah ! Oui ? Et toi, que peux-tu saisir que je ne puisse ? Si je ne m'abuse, c'est ta mère, Oana, qui dirige le clan ! C'est elle qui est chargée de protéger les Âmes Perdues, et cela depuis bien avant ta naissance !

A mon grand désarroi, au lieu de se fâcher, Audren pousse un long soupir. Il paraît las. Une ride du lion, semblable à la mienne, se dessine sur son visage.

Puis, il quitte son siège et se dirige vers l'escalier. Un coup d'œil m'indique que le combat est terminé entre Alara et Tristane. Audren est parti les rejoindre sans m'adresser le moindre mot.

Décidément, le fils d'Oana agit d'une manière bizarre. Un jour ou l'autre, je découvrirai ce que cela signifie, car je suis convaincu qu'Audren n'est pas celui qu'il prétend être.

4

En fin de matinée, après un entraînement intensif, Audren et Tristane nous informent qu'ils doivent se retirer pour assister au Conseil de cet après-midi. Alara et moi avons donc quartier libre jusqu'au lendemain.

Avant de s'en aller, Audren confie un flacon de mirnulyta à Alara. Il lui recommande vivement de ne le consommer qu'à la nuit tombée, ou bien d'éviter les rayons du soleil, si elle souhaite l'ingérer maintenant.

Audren et Tristane nous ramènent jusqu'à l'habitation d'Alara. Cette dernière me propose de demeurer avec elle, en attendant le retour d'Audren. D'après ce que j'ai compris, elle n'a plus guère l'occasion de rester dans cette habitation. Je n'ose lui demander où elle passe ses nuits. Une bouffée de jalousie monte soudainement en moi, que je repousse aussitôt. Je n'ai nulle envie de me disputer avec

Alara. J'accepte donc son invitation.

— Ah ! s'exclame-t-elle en s'asseyant sur le lit, dos appuyé contre le mur. Je me sens exténuée.

Ensuite, Alara débouche le flacon que lui a remis Audren. Elle le porte à sa bouche, s'apprêtant à l'ingurgiter. Je bondis hors d'un des sièges en osier. Je saisis une serviette et court la plaquer contre la lucarne. Hébétée, Alara me dévisage sans comprendre.

— Crois-moi, il vaut mieux ne pas essayer de boire cette potion en plein jour, lui expliqué-je en plaquant la serviette contre la lucarne de façon à ce que plus aucun rai de lumière ne filtre.

La pénombre s'installe dans l'unique pièce de la cabane. Alara hausse les épaules, circonspecte. Puis, elle avale la potion d'un trait. Aussitôt, son expression se détend, en même temps que la douleur physique se dissipe et qu'elle recouvre ses forces.

— Je suppose que la lumière d'une lanterne n'est pas dangereuse ? me demande-t-elle.

J'acquiesce en silence. Alors, mon amie claque des doigts : les deux lanternes posées sur la table basse s'allument, brisant la demi-obscurité.

— C'est mieux, conviens-je, épaté par la facilité avec laquelle Alara a recouru à la magie.

Ne sachant que faire, je m'occupe de préparer du thé. Mon amie vient s'installer sur le second fauteuil en osier. Une minute, nous demeurons silencieux l'un et l'autre. J'observe Alara : elle me paraît songeuse. A son expression, je devine qu'un dilemme la tracasse. Mais je préfère ne pas intervenir. A l'instar d'Audren, d'un tempérament fougueux, Alara peut se montrer extrêmement imprévisible. C'est lorsque je lui tends une soucoupe remplie de thé qu'elle se décide finalement à partager avec moi ses préoccupations.

— Tu m'as manqué, Jaoven, me confie-t-elle brusquement, en posant sa main sur mon avant-bras. J'aimerais que nous redevenions amis.

— N'est-ce pas déjà ce que nous sommes ?

— D'une certaine façon, c'est ce que nous avons toujours été, réplique Alara du tac au tac.

Un goût amer envahit ma bouche. Je déglutis : ma récente blessure n'est pas encore refermée que, déjà, Alara la remue, frappant une nouvelle fois. Je doute qu'elle en ait tout à fait conscience. Je me fige une seconde, puis, je dégage mon avant-bras et prend place dans le fauteuil d'osier. Je serre si fort l'anse de la tasse que je la sens prête à se briser.

Résolu à garder le contrôle de moi-même, j'inspire une grande bouffée d'air.

— Néanmoins, poursuit-elle sans remarquer le trouble qui me saisit, pour consolider notre amitié, je devrais te raconter ce que j'ai découvert sur ma famille.

Cette annonce capte aussitôt mon attention. J'en oublie ma blessure momentanément et me plonge dans le récit d'Alara. Celle-ci me révèle que deux des trois fils de Madog et d'Adenora sont encore en vie : l'aîné, Fabio, qui a toujours soutenu les Ravisseurs malgré les propositions d'amnistie des Âmes Perdues, vit reclus dans une cellule depuis cent douze ans. Quant au second, Abriel, d'après Alara, son frère est la bienveillance incarnée. Il a subi la malédiction car il s'est interposé lorsque Fabio a tenté de fuir avec des pierres de pouvoir. C'est d'ailleurs grâce à son intervention que les Âmes Perdues ont conservé un peu de leur magie. Je m'enquiers alors du troisième frère. Le visage d'Alara revêt une tristesse que je ne lui connais pas. Elle m'explique qu'Alar était le jumeau d'Abriel. Je tique sur le prénom de son troisième frère : Adenora et Madog auraient-ils conservé un soupçon d'humanité ? Je ne sais que répondre à cette question.

Bref, Alar n'a pas été touché par la malédiction d'Alexandre. Il est donc resté humain. Mais, comme il refusait de vivre séparé de son jumeau, les Âmes Perdues lui ont accordé le droit de demeurer parmi eux. De plus, Alar a prêté serment de rester fidèle aux descendants des Enchanteurs.

— D'entre nous tous, c'est le seul qui a mené une existence paisible et heureuse, dit Alara en concluant son récit. Il a épousé Cara, la fille de Loïc. Tous deux ont eu des enfants… En somme, leur histoire est plutôt banale.

Le regard d'Alara se couvre d'un voile de mélancolie. Mais cela ne dure pas. Mon amie est partagée entre des sentiments contradictoires : d'un côté, elle aurait aimé connaître Alar ; de l'autre, je crois qu'elle l'envie d'avoir été épargné par la malédiction.

— Au contraire, la contredis-je, ton frère a eu la chance de mener une vie humaine. Il est resté libre, toute sa vie… Par certains côtés, moi aussi, je l'envie. Mais, sache, Alara, qu'un jour, nous goûterons nous aussi au plaisir de notre liberté.

— Merci, répond-elle simplement. T'écouter me redonne espoir et confiance en un avenir qui s'annonce, pour le moins…

— Incertain ? proposé-je.

— Oui, approuve Alara.

Puis, elle enchaîne sur un autre sujet. L'atmosphère s'allège subitement quand Alara évoque la magie. Nous échangeons nos impressions sur nos premières semaines de formation. Mon amie m'apprend qu'elle a réussi à maîtriser les sortilèges de base des quatre éléments. Elle avoue avoir une prédilection pour le feu. Cette confession me décoche un sourire irrépressible. Alara incarne elle-même, par son caractère, un feu indompté dont les flammes éblouissantes vous réchauffent autant qu'elles vous incendient.

Audren lui a également montré comment recourir à la métamorphose. Je lui déclare alors que mon apprentissage a été plus compliqué que le sien. L'art de la magie a requis davantage d'efforts de ma part. Les seules notions de métamorphose que je possède sont celles que j'ai acquises avec Izolda.

Alara s'est choisie trois animaux : une gazelle, un chat et un faucon. Pleine d'une assurance nouvelle, elle est convaincue que nous avons le potentiel pour devenir des Enchanteurs. A cet instant, je la dévisage, interloqué. Est-ce donc la réelle motivation de son soutien aux Âmes Perdues ? Se servirait-elle d'Audren afin d'être acceptée en tant qu'Enchanteresse ? Je songe alors, malgré l'estime que je lui porte, qu'Alara est dévorée d'ambition, tout comme sa mère, la grande prêtresse Adenora. Je me raidis sur mon siège. Mon amie perçoit mon changement d'attitude, car elle s'écrie :

— Ne crois que je sois une froide manipulatrice, Jaoven… Si je l'étais, raisonne-t-elle avec une logique implacable, je ne t'aurais pas confié mes souhaits les plus enfouis. J'aime la magie… Mon rêve serait de devenir une Enchanteresse, bien que je sois consciente que cela est impossible. Alors, tu vois, me lance-t-elle en plaisantant à moitié, je ne suis pas comme mes parents. Je ne convoite nul titre honorifique, et surtout pas celui de grande prêtresse.

Ces arguments me convainquent. L'honnêteté criante de ses aveux me rassure. Alara, bien qu'elle ait changé, a gardé une partie de la jeune fille innocente que j'ai connue. C'est justement à cause de cette particularité que j'ai toujours ressenti le besoin de la protéger. Aujourd'hui, Alara a choisi qu'un autre que moi devrait s'en charger. Aujourd'hui, c'est à Audren que revient cette mission, que je lui envie tant.

La conversation reprend de plus belle. Nous employons un ton badin, qui permet à nos esprits de s'évader pendant ces quelques heures volées. Alara évoque alors l'entraînement de ce matin. Elle exprime son admiration devant mon aisance avec les sorts et stratégies de défense qu'Audren et Tristane nous ont enseignés.

— Tu sais, lui dis-je sur le ton de la confession, je me suis battu toute ma vie contre Breval et ses partisans. J'ai vécu dans la crainte qu'il ne découvre que je connaissais sa perfidie et sa traîtrise. Alors, quand je me bats, c'est naturel. Pour la première fois, je peux le montrer, sans avoir besoin de me cacher.

— Tu es surprenant, Jaoven, me déclare Alara en souriant. Pour ma part, je garde un mauvais souvenir des duels… Et je n'apprécie guère de combattre physiquement.

— Tu penses à Alan ? m'enquiers-je, avec compassion.

— La dernière fois que l'on m'a enseigné les techniques de duel, me répond Alara, la voix légèrement tremblante, j'ai affronté un allié, même plus, un ami, et cela, uniquement parce qu'Izolda me l'avait demandé. Je l'ai blessé ! s'écrie-t-elle brusquement, les larmes envahissant ses yeux vairons.

— Tu ne peux pas t'en vouloir ainsi, dis-je espérant la réconforter. Izolda t'a forcée la main. Rappelle-toi : elle vous a poussés à combattre, Alan et toi. Elle voulait que vous vous blessiez… Si tu avais refusé d'affronter Alan en duel, alors c'est lui qui t'aurait…

— Je sais, me coupe-t-elle en essuyant ses larmes. Mais, je n'arrive pas à me pardonner la perte d'Alan. J'aurais voulu qu'il nous accompagne. Lui aussi méritait de connaître la vérité !

Soudain, elle se lève et se met à faire les cent pas

devant les étagères qui, à mes yeux, sont pratiquement vides. L'éclat de la lanterne éclaire l'œil gris d'Alara lorsqu'elle passe à côté de moi, me révélant deux rangées de grimoires emplissant les deux étagères du bas. A cet instant, je réalise qu'Alara est vraiment douée pour la magie… bien plus que je ne le serai jamais. J'en suis heureux pour elle, car, même si, pour le moment, une partie d'elle refuse de se battre, Alara possède les armes pour se défendre. Lorsque cela sera nécessaire, mon amie saura les utiliser. Cela me réconforte de savoir qu'elle pourra se protéger sans avoir à compter ni sur moi, ni sur Audren. Alara est bien plus forte que son aspect physique ne le laisse deviner. Sa silhouette petite, svelte, m'a souvent évoqué une belle et fragile poupée de porcelaine. Aujourd'hui, je la perçois enfin tel qu'elle est réellement : une lionne sauvage et puissante, qui ignore encore l'étendue de ses pouvoirs.

Aussi brusquement qu'elle s'est levée, Alara se dirige vers l'étagère du milieu. Elle y glane deux grimoires ainsi qu'un petit calepin noir. Je reconnais immédiatement le livre des mots interdits, le grimoire des rêves et prémonitions ainsi que l'ouvrage de géographie qu'Alara avait emportés, le soir de notre fuite. Ensuite, elle me donne les deux grimoires, conservant le calepin noir. Je les saisis, surpris par ce geste.

— Garde-les, me dit-elle en se rasseyant. Ce grimoire des rêves te revient de droit, car c'est Elina qui en a rédigé la plupart. Quant à l'ouvrage de géographie, c'est assez curieux. Je l'ai examiné, mais je ne comprends pas pour quelle raison il figurait parmi les ouvrages de la Demeure de l'Apprentissage.

Intrigué, j'ouvre le livre en question. A l'intérieur, sur la première page, un détail m'interpelle. Les lettres A et B y sont gravées à l'encre noire, reliées entre elles par une élégante boucle. Je consulte alors la date, inscrite en-dessous.

— Ce livre est ancien, informé-je Alara sans détacher mon regard de ces étranges inscriptions. D'après la date, il est antérieur à la malédiction.

Mon amie me rejoint. Elle se place derrière mon fauteuil, puis, se penche afin d'examiner elle-même les inscriptions. Plus que je le vois, je sens son visage s'assombrir. Elle me lance alors d'une voix blanche, tandis qu'elle se redresse :

— Ce sont des initiales : A pour Adenora et B… pour Breval, lâche-t-elle enfin, visiblement à contrecœur.

— Comment ? Cela n'a aucun sens ! protesté-je. Pour quel motif… ?

— Breval et ma mère ont été fiancés, lorsqu'ils étaient humains, et que Breval n'avait pas encore pris la tête du clan des Ravisseurs. Le plus curieux, poursuit-elle, absorbée par ses réflexions, est que ce livre a été conservé, après toutes ces années.

Aussitôt, je saisis le raisonnement d'Alara, ainsi que l'inévitable et troublante question qui s'impose : qui d'Adenora ou de Breval a tenu à garder ce livre ?

Un silence envahit la pièce. Alara et moi sommes plongés dans nos propres soliloques.

Cette révélation constitue un choc supplémentaire.

5

Toc toc toc.

Un sursaut manque de peu de renverser mon fauteuil. Quelques secondes plus tard, Audren s'avance dans l'habitation. Il me salue d'un signe de tête et se dirige vers Alara, qu'il serre dans ses bras.

Surprise, mon amie le laisse faire, avant de le repousser gentiment. Par ce geste, Audren a prouvé qu'il me craignait. Le fils d'Oana possède, à mon avis, de nombreux défauts, mais son intelligence n'est plus à démontrer. Audren perçoit l'affection qui me relie à Alara. Et il a peur que le lien qui s'est récemment tissé entre eux ne soit menacé. Il doit vraiment aimer Alara pour me craindre ainsi.

— Le Conseil a pris fin, nous annonce-t-il en attrapant Alara par la taille. A vrai dire, une séance reprendra demain matin.

— Qu'en est-il de l'entraînement ? lui demande Alara, en glissant son bras sur l'épaule d'Audren. Cela signifie-t-il qu'il est annulé ?

— Pas le moins du monde, répond le fils d'Oana, étirant ses lèvres en un sourire charmeur. Loïc, Tristane et moi-même vous avons réservé une surprise… Pour l'instant, nous avertit-il devançant une avalanche de questions de la part d'Alara, il est temps de dormir. Vous devrez être en forme pour affronter la journée de demain.

— Très bien, cède Alara, poussant un soupir exagéré. Comme tu voudras, termine-t-elle en m'adressant un clin d'œil complice.

En retour, je lui adresse un faible sourire. Plus je l'observe, plus je prends conscience que mon amie se comporte différemment en présence d'Audren. Son visage s'est éclairé, lorsqu'il est apparu dans la pièce. Une sérénité nouvelle se dégage de sa personne. Elle semble comme apaisée par la simple présence d'Audren. En somme, Alara est heureuse.

De nouveau, je ressens une vive douleur dans la poitrine. Le bonheur de mon amie exige le sacrifice de l'amour que je lui voue. Je dois reconnaître que l'abnégation ne fait pas partie de mes qualités. Néanmoins, je me lève et m'apprête à quitter l'habitation d'Alara. Cette dernière me rattrape pour me confier les deux ouvrages. Je la remercie et m'en empare. Puis, je lance un bref salut avant de quitter les lieux pour rejoindre la cabane que l'on m'a assignée.

Je me console en songeant que cette nuit, j'occuperai

mon esprit. En effet, incapable de trouver le sommeil, je passe plusieurs heures à parcourir le grimoire des rêves et prémonitions. Je suis sur le point de m'endormir lorsque je découvre un rêve particulièrement étrange, dont la signification semble des plus absconses. L'écriture est celle de ma mère.

« Au sommet de la montagne, là où se niche le lac sacré, l'ombre d'Alexandre projette une lumière incandescente. Sa silhouette dévale le flanc de la montagne. Après plus d'un siècle d'endormissement, l'Enchanteur renaît de ses cendres, tel un phœnix majestueux.

La nuit revêt la couleur de l'ébène. Pourtant, un espoir m'étreint le cœur. Alexandre sauvera son peuple. Les Âmes Perdues retrouveront leurs pouvoirs !

Alexandre est immobile, lorsqu'un éclair frappe le sommet de la montagne, à sept reprises, formant un cercle autour de lui. Le chef des Âmes Perdues est désormais prisonnier.

Soudain, une deuxième silhouette, celle-ci emplie de ténèbres, s'avance, gravissant le flanc de la montagne. Je reconnais à sa stature imposante l'ennemi juré des Âmes Perdues : Breval, celui à qui les Enchanteurs ont, un jour, accordé à tort leur confiance ! Il s'approche à pas lents d'Alexandre, l'être qu'il hait le plus, car il l'a privé de ses rêves de domination. Breval franchit le cercle dans lequel se tient l'Enchanteur.

Sans se retourner, celui-ci lui annonce que sa fin est

proche. Breval éclate de rire… un rire pestilentiel qui, par sa seule existence, salit le lieu le plus sacré des Âmes Perdues. Le chef des Ravisseurs s'apprête à abattre son épée dans le dos de son ennemi juré, lorsqu'un nouvel éclair frappe le sommet de la montagne. Le bruit est assourdissant.

Déstabilisé, Breval perd l'équilibre et bascule en arrière. Alors, une troisième silhouette apparaît. Il s'agit d'une femme. Bien qu'elle me semble familière, je ne parviens pas à l'identifier. Ses traits reflètent une grande beauté, couplée à une indéniable jeunesse. Ses mouvements sont maîtrisés : elle semble calme et sûre d'elle. Un détail ressort dans son apparence. Cette inconnue possède un œil gris et un autre, vert émeraude. Son regard en devient troublant. Son aura trahit une magie puissante, ancestrale, quasi palpable tant elle est forte.

La jeune inconnue brise le cercle qui retient prisonnier Alexandre. Plusieurs éclairs jaillissent de ses mains. A présent, c'est au tour de Breval d'être enfermé. De rage, le chef des Ravisseurs ramasse son épée. Dans un geste aussi désespéré que haineux, Breval jette son arme, droit devant lui. Celle-ci vient se ficher dans la poitrine d'Alexandre. Sous le coup, l'Enchanteur s'effondre. Pourtant, il vit encore. Un souffle régulier continue de soulever son corps. Un cri rompt le silence de la nuit. La jeune inconnue hurle sa peine. Plutôt que de se livrer à une vengeance, elle s'agenouille auprès d'Alexandre. Ce dernier lui murmure une suite de mots que je ne saisis pas. Le temps lui est désormais compté. Cruelle ironie que celle de voir mourir un Enchanteur destiné à vivre

éternellement !

Avant de rendre son dernier souffle, un étrange phénomène se produit. Dans un ultime effort, Alexandre attrape le bras de la jeune et belle inconnue. Il s'y agrippe de ses deux mains. Une lumière aveuglante illumine la montagne. Pendant un instant, je ne distingue plus aucun des trois protagonistes. Enfin, je retrouve la vision pour constater qu'une boule de lumière aux teintes vert émeraude flotte au-dessus de la poitrine de l'Enchanteur. L'inconnue semble bouleversée : par tous les moyens, elle tente de rompre l'étreinte d'Alexandre.
En vain.

La boule de lumière pénètre la poitrine de l'inconnue, tandis que l'Enchanteur expire. Un cri de douleur franchit les lèvres de la jeune femme. Dans un mouvement gracieux, sa tête bascule en arrière. Ses yeux rencontrent alors l'éclat de la lune qui révèle sa véritable nature : ses yeux ont la couleur de l'émeraude. Une Enchanteresse est née des cendres du plus puissant des phœnix.

C'est au cœur des ténèbres qu'Alexandre trouvera la lumière. Lorsque tout paraîtra perdu, que les Âmes se penseront condamnées, que l'espoir jaillira. Avant de quitter ce monde, Alexandre désignera celle capable de sauver son peuple. Car, désormais, le pouvoir de l'Enchanteur réside en elle. Alexandre a choisi son héritière. »

Délicatement, je referme le grimoire, puis, je le pose sur ma table de chevet. Ce rêve m'intrigue autant qu'il me bouleverse. Je suis avant tout surpris qu'Elina ait pu le retranscrire. Peut-être l'a-t-elle fait en cachette. Ma mère se doutait que son rêve contenait un message important, mais lequel ?

Je suis incapable de le dire. Un bâillement étire tout à coup ma mâchoire. Il est temps de prendre du repos. Comme la veille, je m'endors peu avant l'aube. Mon sommeil est peuplé de créatures au regard vert émeraude. Dans mon rêve, il s'agit d'Alara.

Heureusement, cela reste un rêve, et rien de plus.

6

Deux heures plus tard, je m'éveille en pleine forme. Je ne sais si l'effet du mirnulyta est encore actif, ou si j'ai simplement hâte de continuer les sessions de duels, mais je me sens capable de soulever des montagnes aujourd'hui.

Après une toilette succincte à l'eau glacée, je m'habille en vitesse. Je frissonne en quittant ma cabane : l'air est encore frais, à cette heure-ci. Pour me réchauffer, je cours en direction de l'arène.

Le village est silencieux ; les Âmes Perdues sont plongées dans un profond repos. D'ici une heure ou deux, la vie reprendra ses droits au village. J'aime contempler ces cabanes endormies, tandis que, moi, je suis en éveil. C'est une sensation bizarre que de se sentir entouré, en étant pourtant seul.

Bientôt, j'arrive dans le champ bordé d'une haie blanche très abîmée. Les sept arbres que j'ai fait pousser hier se tiennent fièrement debout. Je réalise, qu'aussi certainement que je les ai amenés à se développer, je pourrais les détruire. Mais je n'en ai pas envie : la magie doit être utilisée à bon escient. L'un d'entre eux consiste à préserver la vie, peu importe la forme qu'elle revêt. Bien que j'adhère aux valeurs prônées par les Âmes Perdues, je ne suis pas des leurs. De même, je n'appartiens pas au clan des Ravisseurs. Une pensée subite me gonfle d'espoir en l'avenir : un jour, je trouverai ma place dans ce monde.

Un bruit, en provenance de la plage, attire mon attention. Je me penche par-dessus la haie : en contre-bas, j'aperçois quatre chevaux, dotés d'une corne sur le front, à la robe oscillant entre le gris clair et le noir le plus dense, au point qu'il en paraît blanc à la lumière du soleil, galopant allégrement sur le sable. Un instant, je doute de ma vision. C'est une hallucination ! Ces chevaux ne peuvent exister ! Je me frotte les yeux, essayant de me réveiller. Mon regard se porte à nouveau sur la plage. Les quatre chevaux se sont volatilisés, ou plutôt, les quatre licornes. Décidément, il est grand temps que je dorme plus de deux heures par nuit.

Le son d'un hennissement proche me glace le sang. Prudemment, je me retourne. J'étouffe avec peine un cri de stupeur en constatant que les quatre licornes sont désormais paisiblement en train de mastiquer les feuilles de mes jeunes arbres. J'en reste pantois de surprise. Toutefois, les équidés sont venus accompagnés. La silhouette d'un homme se rapproche rapidement.

De loin, je crois reconnaître Loïc. Pourtant, lorsqu'il s'avance à mon encontre, je réalise mon erreur. Cet homme ne ressemble en rien au vieil Enchanteur. Sa stature solide me donne le sentiment d'avoir affaire à un guerrier. Son visage n'est ni vraiment dur, ni véritablement doux. Sa chevelure châtain est à peine visible sur son crâne, tant elle est courte. Enfin, je croise son regard : immédiatement, je l'identifie. L'iris gris clair de ses yeux m'informe ainsi qu'il s'agit du frère d'Alara, celui auquel elle voue un attachement sincère : Abriel.

— Bonjour Jaoven ! me salue-t-il, d'un air jovial. Alors, tu admires mes balanzaïs ?

— Heu... Oui, enf, bégayé-je, pris de court. Je te salue, Abriel.

— Ah ! Je constate que ma petite sœur t'a parlé de moi, me dit-il avec un sourire.

Pendant un bref instant, une expression reflétant une affection fraternelle se lit sur ses traits de guerrier. Apparemment, Alara avait raison sur son frère. Ce dernier semble se présenter comme un allié loyal. Bien que je ne le connaisse pas, Abriel m'inspire confiance. De son être, émane une irrésistible sympathie qui me pousse à me montrer aimable à son égard.

— Que sont des bal-dan-nay ?

— BA-LAN-ZAÏ, articule clairement Abriel. Ce sont les créatures que tu observais sur la plage, me dit-il en désignant les quatre chevaux dont le front est orné d'une corne, occupés à dévorer les feuilles des arbres.

— Je ne voudrais pas paraître grossier, débuté-je,

prenant quelque précaution oratoire, mais, à mes yeux, ce sont des licornes.

Abriel éclate tout à coup de rire. Il m'assène une tape amicale sur l'épaule avant de retrouver son sérieux. Le frère d'Alara m'explique alors que ces créatures descendent d'un croisement entre une licorne et un aigle géant. Selon la légende, qui s'est transmise de génération en génération chez les Enchanteurs, de cette union serait né le premier balanzaï.

A l'origine, ces chevaux possédaient des ailes magnifiques capables de les transporter haut dans le ciel, à une vitesse vertigineuse. Abriel me confie que, lorsqu'il était enfant, il a contemplé de ses propres yeux le vol d'un balanzaï. Bien sûr, cela s'est passé des années avant qu'Alexandre ne prononce sa terrible malédiction. Ces créatures n'ont point été épargnées.

Les balanzaïs demeurent des animaux sauvages. Toutefois, ils ont pris l'habitude de côtoyer les Enchanteurs. En de rares occasions, les balanzaïs les ont autorisés à les monter.

Depuis la malédiction, ces créatures extraordinaires ont perdu leurs ailes. Leurs plumes sont tombées, pour ne plus jamais repousser. Seule leur corne est restée, témoignage vivant de leur filiation avec les licornes.

A ce moment, Abriel siffle à deux reprises. Aussitôt, le balanzaï à la robe gris clair s'approche et s'arrête aux côtés du frère d'Alara. Là, Abriel me montre le flanc de la créature : j'y distingue un léger rebond au-dessus des jambes à l'avant.

— A cet endroit, part la racine de leurs ailes, m'indique Abriel. Leurs plumes ont disparu, mais, un jour, elles repousseront. Et les balanzaïs recouvreront leur liberté. Ils vogueront à nouveau dans le ciel, affranchis des contraintes terrestres qui les retiennent prisonniers.

Le frère d'Alara fixe l'horizon. La passion de sa voix se répercute dans mon esprit. Puis, il détache lentement son regard pour reporter son attention sur moi.

— Depuis la malédiction, je me suis mis au service des Âmes Perdues, lâche-t-il, son expression prenant un aspect austère. J'ai d'abord appris à me battre… Ensuite, je me suis intéressé aux balanzaïs. Le clan a alors décidé de me les confier. A ce jour, ils ne sont plus que dix.

La mélancolie s'empare d'Abriel. Je choisis de détendre l'atmosphère en optant pour un sujet radicalement différent.

— Alara m'a rapporté que son frère aîné était resté au village, après la malédiction.

— C'est exact, approuve Abriel, s'extirpant de quelque triste pensée. Mais Fabio est un traître. Plus précisément, il appartient au clan des Ravisseurs.

— Il vit donc enfermé depuis cent douze ans ? C'est une sacrée durée pour une détention, dis-je en plaisantant à moitié.

— Fabio a eu sa chance, rétorque Abriel sur un ton

sec. Les Âmes Perdues lui ont offert de les rejoindre. Il a refusé, catégoriquement, à dix reprises. Au moins, dans sa cellule, il ne peut blesser personne… Quoiqu'Alara a bien failli faire les frais de sa hargne.

— Ta sœur m'a décrit la cellule, enchaîné-je, ma curiosité avide de renseignements. Il paraît qu'elle a été établie à l'intérieur d'un rocher…

— En réalité, il s'agit d'un sortilège d'enfermement. Alexandre, lorsqu'il résidait au village, a ensorcelé un immense rocher. La formule qu'il a utilisée, à l'époque, était très particulière. En résumé, il a condamné Fabio à être coupé du monde.

Abriel se met à réciter la fin de l'incantation, qui l'a tant marqué :

« Toi qui as osé nous défier,
A jamais tu seras damné.
Si, par un matin, la lucidité se fait tienne,
Alors les Âmes Perdues t'accueilleront sans haine.
Unique condition de ton échappée,
Pour toujours, tu devras nous être dévoué. »

Je suis frappé autant par la beauté de l'incantation, que par sa rigueur. Le châtiment doit être lourd à porter. Même s'il est un étranger, je ne peux m'empêcher d'éprouver de la compassion pour Fabio. Vivre reclus pour l'éternité ! Je ne puis imaginer condamnation plus éprouvante, plus destructrice.

— Si Fabio ne se rallie pas à la cause des Âmes Perdues, alors, il ne pourra jamais sortir ?

Ma question surprend Abriel. Pourtant, elle n'est que le reflet de ma curiosité. Je prends soin de dissimuler mon empathie envers son frère aîné.

— Non, m'informe Abriel d'une voix hésitante. A vrai dire, il... il existe une clé, tranche-t-il après un temps. Celle-ci est jalousement gardée par les membres du Conseil.

— Une clé ? m'exclamé-je. Pour déverrouiller une cellule créée dans un rocher ?

— Façon de parler, répond Abriel laconiquement. Il s'agit davantage d'une pierre taillée que d'une clé. Je me souviens l'avoir aperçue, lorsqu'Alexandre a jeté le sortilège. Elle était en forme de pointe. Sa couleur était indéfinissable. On aurait cru que cette pierre avait la teinte des ténèbres... J'entends encore Alexandre affirmer que cette clé représentait une partie de l'âme de Fabio, sa partie la plus sombre, évidemment, déglutit-il.

— C'est effroyable ! m'écrié-je, horrifié. Fabio est prisonnier, car il lui manque une partie de son âme. Alexandre se serait-il vengé pour choisir de faire subir un sort identique à Fabio que celui de son clan ?

Cette fois, l'expression d'Abriel n'a plus rien d'amical. Il se place face à moi, plaquant ses mains sur mes épaules. Je sens pratiquement ses ongles s'y enfoncer.

— Écoute, Jaoven, me dit-il d'une voix glaciale. Tu as beau être jeune, tu es conscient des atrocités que les Ravisseurs ont commises. N'oublie pas qui est ton véritable ennemi. Fabio s'est condamné lui-même !

Prudemment, j'acquiesce. Abriel se détend alors ; il

se frotte le visage un instant, avant de poursuivre, d'une voix nettement radoucie :

— Ma sœur t'apprécie beaucoup, Jaoven. Et je suppute que les récents événements n'ont été qu'une succession de chocs brutaux… Néanmoins, garde à l'esprit que si tu es ici, c'est parce que tu as fui le danger. Les Ravisseurs ont essayé de te tuer, quand les Âmes Perdues t'ont accordé asile et accepté de t'enseigner la magie. Ne l'oublie pas.

Ces mots se gravent dans mon esprit. Je bredouille quelques excuses, me sentant idiot d'avoir douté des Âmes Perdues. Abriel m'assène une nouvelle tape amicale dans le dos. Pour lui, l'affaire est classée.

Pour moi, le doute vient de s'immiscer dans mes pensées.

7

Plus tard dans la matinée, Alara, Abriel, les quatre balanzaïs et moi-même pénétrons dans l'arène. Déjà, je devine la surprise concoctée par Audren, Tristane et Loïc. Abriel ne tarde pas à confirmer mes soupçons.

— Aujourd'hui, je vais vous apprendre à monter sur un balanzaï ! lance-t-il, en ayant retrouvé sa bonne humeur. Voyez-vous, en dépit de leur apparence, ces créatures n'ont pratiquement rien de commun avec les chevaux.

Abriel enchaîne ensuite sur un long monologue, où il énumère les caractéristiques des balanzaï, ce qui en fait des créatures si spéciales. Alara est stupéfiée par les qualités prodigieuses des balanzaïs. Quant à moi, je reste sceptique. D'après Abriel, ces créatures peuvent galoper sur n'importe quel élément. Par exemple, le frère d'Alara nous assure qu'un balanzaï est capable de chevaucher le vent, à condition que celui-ci soit suffisamment puissant. Il en est de même avec l'eau, et le feu, car les balanzaïs ne le redoutent point. Les flammes ne représentent point une menace pour eux.

Devant mon air circonspect, Abriel met un terme brutal à son monologue.

— Assez parlé… Il est grand temps de passer à la pratique ! déclare-t-il, d'une voix calme, mais où affleure un soupçon d'excitation. Jaoven, pourquoi n'essaierais-tu pas le premier ?

Alara semble déçue. Sur un signe de son frère, elle se range à son avis. Abriel est décidé à utiliser tous les moyens pour me convaincre. Soit ! Il s'agit d'un défi d'envergure.

Il me désigne alors le balanzaï à la robe gris clair. Je remarque que c'est le plus petit d'entre eux, malgré sa hauteur confortable. La créature s'avance à pas lents dans ma direction. Puis, elle s'arrête lorsque nous sommes face à face. Je tends la main vers son museau : le balanzaï réagit violemment. Il se cabre, m'envoyant une giclée de sable dans la figure.

— Attention ! m'avertit Abriel, un peu tardivement à mon goût. Il s'est présenté à toi afin que tu le salues, Diego ne t'a pas encore autorisé à le monter… si jamais, il accepte ! conclut-il avec un air malicieux.
— Diego ? C'est ainsi qu'il s'appelle ?

Abriel hoche la tête. En entendant son nom, le

balanzaï tourne ses oreilles. Après un semblant d'hésitation, la créature revient se placer devant moi. Cette fois-ci, je m'enquiers auprès d'Abriel de la marche à suivre.

Selon ses instructions, je positionne mes mains sous les naseaux de Diego, paumes tournées vers le ciel. Le balanzaï les renifle avec, ce qui semble, un air hautain.

Au bout de cinq minutes, Diego décide finalement qu'il peut me faire confiance : il abaisse sa tête de façon à toucher ma main. Le contact est doux contre ma paume. La tension tombe d'un coup.

Détendu, j'observe le balanzaï. Cette créature qui, de loin, paraît frêle du fait de son extrême finesse, possède une étonnante musculature. Des sabots jusqu'à l'encolure, des muscles saillants affichent une robustesse hors du commun.

C'est alors que le balanzaï retire brusquement sa tête. Puis, il se couche sur le sable et plonge son regard sauvage, relevé d'un éclat argenté, dans le mien. Je suis pris au dépourvu. Abriel m'adresse un clin d'œil et, d'un geste, m'invite à monter sur le balanzaï.

Guère rassuré, je m'avance sur le côté. J'enjambe ensuite le dos de Diego. Aussitôt, la créature se relève.

— Bien, me complimente Abriel. A présent, compliquons un peu la situation.

Le frère d'Alara s'approche de Diego. Sans prévenir, il lui assène une claque phénoménale sur l'arrière-train. Le balanzaï hennit avant de s'élancer dans un trépidant galop. J'ai tout juste le temps de saisir quelques touffes de crinière pour éviter de tomber.

En quelques secondes, Diego atteint une vitesse impressionnante. Intérieurement, j'espère que le balanzaï n'ira pas plus vite. Je suis balloté d'avant en arrière, éprouvant quelques difficultés à me maintenir en équilibre. Diego et moi effectuons un premier tour dans l'arène. Abriel se positionne sur notre chemin.

Un espoir me saisit, car le frère d'Alara va incontestablement arrêter le balanzaï. Mais, plus nous nous rapprochons, plus Diego prend de la vitesse. Abriel n'est qu'à vingt mètres… quinze… dix. Soudain, il s'écrie :

— Maintenant, Alara !

Je ressens, plus que je ne vois, mon amie recourir à un sortilège de l'air. Je distingue un bras d'air se dessiner devant Diego. Dans cinq mètres, Abriel sera piétiné. Résolu à ne pas assister à ce désastre, je ferme les yeux. J'attends l'impact.

Plusieurs secondes se passent sans qu'aucune secousse ne se produise. La curiosité finit par vaincre ma peur, et je reprends contact avec la réalité. Quel émerveillement, mêlé de stupeur, de découvrir que Diego et moi flottons dans les airs. Car, ainsi que l'avait expliqué Abriel, mon balanzaï chevauche le tourbillon puissant qu'a créé Alara. Diego galope, suivant la paroi de pierre délimitant l'arène. Nous avons quasiment atteint la limite du mur.

Alors que je me remets à peine de mes émotions, Diego oblique et pose ses sabots sur la paroi, à l'horizontale. Dans sa course folle, le balanzaï m'emporte avec lui. Mon destrier manifeste une telle célérité que je parviens à peine à garder mon équilibre. Je lâche un cri, tant de bonheur que de surprise. Pendant que Diego m'entraîne ainsi, je me sens libre. En mon for intérieur, je songe que plus aucun obstacle ne me stoppera. Après tout, si je peux chevaucher le vent, quel défi ne puis-je relever ?

Après un moment, Diego se détache de la paroi et amorce sa descente vers le centre de l'arène. Son allure ralentit progressivement jusqu'à une halte nette lorsque ses sabots touchent le sol.

— Alors, toujours aussi sceptique ? me taquine Abriel.

— Hé bien, j... je, bégayé-je tandis que je quitte le dos de mon destrier. C'est extraordinaire ! m'exclamé-je ayant retrouvé la parole. Je n'ai pas de mots... Merci, Abriel.

— Tu me remercieras plus tard, Jaoven, réplique-t-il. Votre entraînement vient seulement de commencer.

8

— On fait la course ? me défie Alara, le visage rayonnant, tandis que son balanzaï, une créature majestueuse à la robe alezane gravit une vague d'environ un mètre.

— Quand tu veux ! dis-je, d'une voix plus assurée que je ne le suis en réalité.

L'arène est remplie d'eau. Alara l'a transformée en une gigantesque piscine. L'eau, combinée à un sortilège d'air, lui a permis de créer un courant artificiel. Nous chevauchons tous deux cette mer, aux reflets vert émeraude, improvisée. Abriel s'est installé dans la tribune avec les deux autres balanzaïs. De là-haut, il nous donne des indications afin de nous aider à diriger nos impétueuses montures.

A mes dépens, j'ai appris qu'il est impossible de seller un balanzaï. Cette créature sauvage ne supporterait guère son contact. Nous devons déjà nous estimer heureux que les balanzaïs nous permettent de les monter. Abriel semble connaître ses créatures par cœur. A dire vrai, je crois qu'il les admire autant que les Âmes Perdues.

Alara et son balanzaï, Nyhra, m'ont rejoint. Nous chevauchons tranquillement l'un à côté de l'autre. Mon amie me propose d'effectuer trois fois le tour de l'arène. Le premier arrivé sera désigné vainqueur. J'accepte immédiatement, car le défi me tente autant qu'il fait naître de l'appréhension. Chevaucher un balanzaï représente une expérience unique.

Cependant, ces créatures demeurent profondément sauvages et donc, indomptables. La sensation de ne pas pouvoir complètement diriger mon destrier m'effraie.

— Trois, me dit Alara, entamant un compte à rebours.
— Deux, enchainé-je en agrippant une touffe de la longue crinière blanche argent de Diego.
— Un… Partez ! s'écrie Alara.

Brusquement, elle s'élance sur le dos de Nyhra. Son balanzaï est parti tellement vite que leurs silhouettes sont devenues floues, un court instant. Sans que je lui en donne l'ordre, Diego démarre au grand galop, suivant Alara et sa monture. Celles-ci nous devancent de plusieurs mètres, mais mon balanzaï semble déterminé à les rattraper.

C'est alors que je prends conscience que la mer a changé. Elle paraît plus agitée. De nombreuses vagues se forment à sa surface. Nyhra paraît prendre un malin plaisir à sauter par-dessus. Quant à Diego, il choisit de les escalader. Mais les vagues se mettent à grossir. Il devient plus difficile de les éviter.

Au bout d'un moment, je perds de vue Alara et Nyhra. Une énorme vague, haute de deux mètres, apparaît devant moi. Paniqué, je laisse mon balanzaï me guider. Diego fonce alors dans la vague, juste avant qu'elle ne s'écrase. Nous ressortons de l'autre côté, trempés de la tête aux pieds. L'entraînement prend une tournure inattendue. J'ai à peine le temps d'ébaucher un geste en direction d'Abriel, qu'un second mur d'eau se présente à moi. Cette fois, la vague atteint les six ou sept mètres.

Brusquement, Diego commence à glisser vers le centre. Je crie d'effroi lorsque j'en comprends la raison. Un tourbillon s'est formé au cœur de l'arène, aspirant à lui mon balanzaï.

Un instant, j'ai peur pour la sûreté d'Alara : où est-elle. Je ne la distingue plus depuis plusieurs minutes. Tandis que Diego lutte contre le courant, je lui assène un petit coup avec mes talons. Encouragé, mon balanzaï retrouve sa fougue. Nous nous éloignons du dangereux tourbillon… pour mieux foncer droit dans le mur d'eau. Je laisse Diego m'entraîner.

Tout à coup, alors que la vague n'est qu'à un mètre, il prend de la vitesse. Soudain, c'est la rencontre tant redoutée. Au lieu du choc que je m'attendais à recevoir, Diego se met à gravir le mur d'eau. Et nous nous retrouvons à la verticale.

Déjà, mon balanzaï arrive au bout de la vague. Un bref coup d'œil en arrière m'indique que nous nous sommes envolés bien au-delà de la hauteur du mur de l'arène.

Diego et moi quittons la vague. Un vent d'est vient nous frapper à ce moment. Nous sommes malmenés par le vent quelques instants, avant que je me ressaisisse. Je reprends le contrôle ; mon instinct de survie est à présent aux commandes. En silence, j'invoque un sortilège d'air. Dans mon esprit, une piste d'air conduisant jusqu'à la mer qui borde le village des Âmes Perdues se dessine. Je sais que j'ai réussi quand je sens les sabots de Diego dévaler ce toboggan constitué d'air.

Nous descendons à toute vitesse vers la mer. N'ayant eu qu'un bref instant pour lancer un sortilège, j'ai tracé un toboggan relativement pentu. Diego et moi sommes pratiquement à la verticale. Sous mes yeux affolés, la mer se rapproche. Je redoute l'impact, mais je refuse de me détourner du danger. Tout à coup, la piste d'air se dérobe sous les sabots de mon destrier. Nous chutons quelques secondes avant que Diego ne parvienne à se redresser juste avant que nous ne touchions la mer. Nous sommes engloutis par celle-ci. Heureusement, nous sommes tombés suffisamment loin de la côte pour ne pas nous écraser. Diego prend de l'élan et nous refaisons surface. J'inspire à pleins poumons l'air qui a failli me manquer. Alors, j'éclate de rire… un rire nerveux, décousu, mais qui me soulage. J'ai bien cru que mon balanzaï et moi n'en sortirions pas vivants.

Diego s'offusque de ma réaction, du moins est-ce

ainsi que je le perçois. D'un mouvement brusque, il m'éjecte dans l'eau. Puis, mon balanzaï parvient à se hisser à la surface grâce à son impressionnante musculature. Sans un regard en arrière, utilisant l'eau comme piste d'envol, il chevauche la mer avant de la quitter pour une bourrasque venue de l'ouest. La pensée que les balanzaïs sont totalement dépourvus d'humour me provoque un nouveau rire nerveux. Je me calme bien vite en prenant conscience de ma situation. Abandonné par Diego, je flotte au milieu de la mer, à environ deux ou trois kilomètres de la côte. Je pousse un long soupir, puis, j'entame mon retour vers le rivage, à la nage.

Il me faut trois quarts d'heure pour regagner la côte. Dès que j'ai atteint la plage, je m'effondre, épuisé par l'effort que je viens de fournir. Alors que je reprends péniblement mon souffle, mes yeux accrochent une enceinte de pierre. Je comprends que je me situe dans la crique où Audren nous a emmenés, Alara et moi, afin de participer au Conseil, peu après notre arrivée. Je me suis éloigné plus que je ne le pensais.

Par un suprême effort de volonté, je me remets debout. Je dois retourner à l'arène ; autrement, Alara et Abriel risquent de s'inquiéter. Je m'engage dans l'escalier, lorsque des éclats de voix me parviennent. Ils semblent venir de la tente du Conseil qui, pourtant, paraissait vide lorsque je suis passé devant.

Intrigué, je reviens sur mes pas. A tâtons, je me glisse contre la roche, près du rideau. Ensuite, le cœur battant, j'en soulève un pan afin d'entendre une conversation des plus étranges. Je m'allonge dans le sable afin de mieux observer. Au début, je ne vois pas grand-chose. Puis, je discerne deux silhouettes que je reconnais aussitôt : l'une est Oana, le chef du clan des Âmes Perdues ; la seconde, Audren, son fils. Oana semble très en colère.

— … pas raconté ? l'entends-je s'emporter. Je suis tout de même le chef de ce clan !

— Oana ! réplique Audren, sur un ton autoritaire. Calme-toi, je t'en conjure. Tu n'as pas de raison de do…

— Pas de raison de quoi ? rugit-elle. Contrairement à toi, Alexandre, *lui*, ne nous aurait jamais trahis ! Je ne peux pas croire que…

— Enfin, s'emporte Audren à son tour, son calme évaporé, je n'ai fait qu'y songer, un bref instant. Je… Je ne sais pas quoi te dire, Oana.

— Regarde-moi, lui ordonne alors sa mère.

Un temps se passe avant qu'Audren ne lève le regard vers elle.

— Et dis-moi, reprend Oana, que ce projet de t'enfuir avec Alara, de quitter définitivement les Âmes Perdues, de renoncer à aider ton propre peuple, n'est qu'une idée incongrue et que jamais, tu n'as eu l'intention de la mettre en pratique.

Audren demeure silencieux. Il s'assied sur un coussin, posé sur le sol. Je m'enfonce un peu plus dans le sable avec l'espoir de ne pas être repéré.

— Si je souhaitais vraiment partir, Oana, articule-t-il

tentant visiblement de se contenir, je n'aurais pas abordé le sujet.

— Je ne te crois pas… Depuis qu'Alara a débarqué au village, tu n'as d'yeux que pour elle. On dirait que tu as oublié *qui* tu es, *Audren, mon fils.*

Oana prononce cette phrase en insistant sur les derniers mots. Sa voix exprime toujours un mécontentement certain. Toutefois, son courroux perd de la vigueur.

— Je n'ai rien contre Alara, enchaîne-t-elle. Au contraire, j'estime qu'elle peut nous apporter une grande aide. Elle semble avoir embrassé notre cause pleinement, au point qu'elle mériterait de devenir l'une des nôtres.

— Justement ! éclate Audren. C'est ce qui me fait peur. Alara n'a pas conscience que sa vie est en jeu. Si l'attaque que nous avons planifiée fonctionne, il n'y a absolument aucune garantie qu'elle survive… ni même Jaoven. Ils ne sont que peu entraînés. Face aux Ravisseurs, je doute qu'ils s'en sortent !

La voix d'Audren se brise. Bien que son aveu me mette en colère, pour la première fois depuis que je le connais, une empathie me gagne. Le fils d'Oana se soucie d'Alara et de moi. Même si c'est surtout d'Alara, cela prouve qu'il n'est pas si égoïste et manipulateur que je le jugeais.

— Alara et Jaoven ont accepté de se joindre à nous, lui rappelle Oana d'une voix plus apaisée. Ils savent ce à quoi leur engagement peut les conduire… Et puis, nous les avons entraînés. Nous continuons à le faire.

— Je voudrais tellement…, commence Audren, d'une voix tremblante.

— Je sais, le coupe Oana. C'est injuste que nous ne soyons pas libres. Mais, si tu pars, tu nous condamnes tous, *mon fils*.

A ces mots, le chef du clan des Âmes Perdues quitte la tente du Conseil. La panique me saisit quand je réalise qu'elle va m'apercevoir. Par réflexe, je me remémore l'une des premières incantations que j'ai apprises. Lorsqu'Oana empreinte l'escalier, elle ne prête guère attention à la tortue blottie dans le sable, près de la tente. J'ai presque envie de sourire, mais c'est plus compliqué, lorsque l'on est un chélonien portant une carapace osseuse.

Je m'apprête à reprendre forme humaine au moment où je distingue une paire de pieds devant moi. Sortant timidement ma tête de la carapace, j'aperçois Audren qui me contemple. Je déglutis. Audren ne sera pas dupe de ma supercherie.

Tandis que je tente une échappée par la gauche, le fils d'Oana m'attrape dans ses mains. Il m'emporte jusqu'à l'entrée de la tente. Là, à l'abri des regards indiscrets, je l'entends prononcer une incantation à voix basse :

« Qui que tu sois,
De cette carapace,
Dépouille-toi,
Ou tu deviendras limace ! »

En retombant sur le sol, mon apparence humaine

m'est rendue. J'étouffe un petit cri de douleur, car mon dos a percuté des petits rochers. J'oublie vite mes maux, en apercevant une pierre noire… si noire qu'elle semble être constituée de ténèbres à l'état pur. La pierre est si dense et pourtant, on a l'impression que des masses sombres se meuvent à l'intérieur. L'objet repose sur un coussin dans la tente du Conseil. Je me relève afin d'éviter qu'Audren ne découvre ce qui a attiré mon regard : la clé de la prison de Fabio.

Audren me dévisage, peu amène. Il ne semble guère apprécier mon numéro d'espion. Et je ne peux l'en blâmer. A cet instant, me reviennent en mémoire ses paroles, à savoir qu'il ne croit pas qu'Alara et moi puissions survivre. Cela ravive ma colère à son égard. En effet, si Audren ne nourrit que peu d'espoir pour celle qu'il aime, j'en déduis que les chances de survie de mes parents, malgré le discours plein de promesses de Tristane, sont quasi nulles. Je serre les poings afin de me retenir de me battre. Si je m'écoutais, je me jetterais contre mon adversaire.

J'ignore s'il perçoit complètement mon hostilité, lorsqu'Audren me lance, sur un ton qui frise la nonchalance :

— Il faut qu'on parle, Jaoven.

— En effet, rétorqué-je. Il le faut.

Audren rentre dans la tente ; je m'y engouffre à sa suite. Décidément, je ne suis pas au bout de mes surprises. Notre discussion s'avère moins houleuse que je ne m'y attendais. Nous échangeons plus longuement aussi. L'heure s'écoule rapidement.

Lorsque je sors, ma décision est prise. Contre toute attente, cette discussion a été enrichissante. Désormais, je sais ce qu'il me reste à faire. Et c'est d'un pas déterminé que je m'en vais rejoindre Alara et Abriel dans l'arène.

9

— Où étais-tu ? tempête Alara, lorsque je pénètre dans l'arène. J'étais très inquiète, surtout quand j'ai retrouvé Diego en train de galoper sur la mer, au large. Jaoven, tu m'écoutes ? s'agace-t-elle devant mon air distrait.

L'arène a repris son apparence ordinaire. A une centaine de mètres, j'aperçois Abriel. Il a édifié un enclos dans lequel les quatre balanzaïs se reposent. Une bâche les recouvre, afin d'empêcher ces créatures de s'envoler.

— Excuse-moi, Alara, lui réponds-je, esquissant un sourire. Je suis tombé de Diego… Ensuite, j'ai dû nager jusqu'au rivage.

— Ah ! Oui ? s'étonne mon amie sur un ton sceptique. Et tu as mis pratiquement deux heures à revenir… Je te signale que lorsque j'ai finalement repéré Diego, ton balanzaï était seul.

Je feins de ne pas comprendre. En vérité, si j'avais pu éviter de retourner à l'entraînement, je l'aurais fait. Malheureusement, il manque un élément pour que mon plan fonctionne.

— Désolé, mais je suis exténué, repartis-je en prenant une expression ensommeillée. J'ai eu peur et...

— Que se passe-t-il ? s'informe Abriel en nous rejoignant. Ah ! Jaoven ! Je suis content de te retrouver ! Alara et moi étions inquiets.

Mon amie pousse un léger grognement. Visiblement, elle a du mal à me croire. Et je ne peux l'en blâmer. A sa place, je me serais également méfié. Alara, en dépit de son innocence qui la conduit à une certaine naïveté, possède une intuition importante. Celle-ci, couplée à son intelligence, ne peut que la pousser à s'interroger.

— Comment va Diego ? m'enquiers-je aussitôt, prenant un air soucieux. J'espère qu'il ne s'est pas blessé ?

— Non, me sourit Abriel. Ce balanzaï a toujours été un peu... imprévisible. J'aurais dû te prévenir. Cet entraînement était peut-être trop risqué.

Évidemment qu'il était trop tôt pour nous exercer à monter des balanzaïs ! Ai-je envie de lui rétorquer. Cependant, je m'abstiens, car, plus que tout au monde, j'ai besoin de réussir la mission que je me suis assigné. Et dire qu'il y a à peine deux heures, j'entrevoyais un avenir bien différent. Si j'avais su...

— Ne te tracasse donc point, Abriel, mon ami,

déclaré-je, parfaitement hypocrite. Cette leçon a été des plus instructives. Et je t'en remercie.

Cette fois, je me montre sincère. Le frère d'Alara semble rassuré. Désireux de changer de sujet avant qu'une gêne ne s'installe, Abriel évoque sa préoccupation du moment :

— J'ai enfermé les balanzaïs dans cet enclos, dit-il en m'indiquant la petite structure composée d'une bâche et de cinq hautes barrières en bois. Ils passeront la nuit ici. L'entraînement les a trop affolés pour que je les ramène dans la forêt.

Alara acquiesce. Mon amie demeure obstinément muette. D'un œil suspect, elle m'observe.

— Jaoven a besoin de repos, tranche-t-elle sur un ton cassant, que je ne lui connais pas. Mon ami devrait se retirer… Je pense que la session d'aujourd'hui est terminée ? demande-t-elle à son frère.

Ce dernier opine du chef. J'émets alors un long soupir de soulagement. Je n'ai qu'une envie : regagner ma cabane le plus tôt possible. Il me reste tant de préparatifs ! Profitant de l'occasion qui m'est offerte, je salue Abriel et Alara.

J'attends patiemment d'avoir atteint la porte de sortie, avant de me mettre à courir. Au moment où j'ouvre la porte, je perçois les voix d'Alara et d'Abriel. Mon amie s'apprêtait à me suivre ; mais son frère souhaite lui montrer quelque chose. Résignée, elle cède.

Ce soir, je suis donc libre de mener à bien mon projet.

Désolé, Alara, mais, cette fois, je n'ai pas prévu de place pour toi.

10

Depuis mon habitation, je guette la tombée de la nuit. Sur mon lit, une large sacoche en cuir noir contient tout l'équipement nécessaire à mon expédition : le grimoire que m'a remis Alara, deux bâtons destinés à servir de torches, le livre des rêves et prémonitions, une gourde d'eau, un peu de nourriture, et, bien sûr, une pierre noire en forme de flèche, semblant constituée de ténèbres à l'état pur.

Ce soir, Fabio, enfermé depuis des années par les Âmes Perdues, victime d'une condamnation terrible pour ne pas s'être rallié à la cause des anciens Enchanteurs, sera libre ! Je m'en porte garant.

Ce soir, je le ramènerai à sa famille, tel est mon choix. Je comprends les Âmes Perdues, mais je ne peux adhérer complètement à ce qu'elles défendent : leur droit à récupérer leurs pouvoirs et ainsi, à monopoliser la magie.

A l'instar de mon père, Elarig, je trouve cette conception injuste. Pourquoi les Âmes Perdues seraient-elles les seules à contrôler la magie ? Certains des Ravisseurs, à mon sens, sont dignes de partager leur savoir, comme mes parents, ou Alara. Cette dernière manifeste de nombreuses facilités : son aisance à manier la magie est stupéfiante. Récemment, je me suis surpris à songer qu'Alara aurait dû naître parmi les Âmes Perdues. Elle n'a rien de commun avec les Ravisseurs, qui représentent pourtant son clan d'origine.

Un hululement m'indique que le règne de la nuit a commencé. Debout sur le lit, je scrute les rues du village à travers la lucarne. Les Âmes Perdues ont regagné leurs cabanes. Je ne distingue plus aucun mouvement. Un instant, les battements de mon cœur s'affolent. Je sens l'adrénaline, provoquée par, à la fois, l'excitation et l'appréhension de la tâche que je dois accomplir, monter en moi.

En descendant de mon lit, j'attrape ma sacoche dont je fais glisser la lanière sur mon épaule. Puis, je prends une profonde inspiration et je m'élance dans l'obscurité. J'ai pris soin de ne porter que des vêtements noirs. D'ordinaire, les Âmes Perdues s'habillent en rouge et noir. Heureusement pour moi, j'ai reçu suffisamment de vêtements pour trouver un tee-shirt, un pantalon et des sandales sombres.

Tel un chat, je me faufile entre les habitations. Tout d'un coup, je regrette d'avoir choisi la tortue. J'aurais volontiers échangé ce don de mutation avec celui d'Alara qui peut se transformer en un délicat félin au pelage noir. Mais il est trop tard pour se lamenter. Je possède les atouts nécessaires à ma réussite.

Après un temps qui me paraît interminable, je quitte la dernière allée du village. A présent, je longe la forêt. Si cela ne tenait qu'à moi, je me lancerais dans un sprint endiablé. Cependant, je redoute d'éveiller l'attention. Alara m'a confié que des guerriers surveillaient, nuit et jour, la cellule de Fabio. En conséquence, la prudence est de rigueur.

Une lueur croissante m'annonce que je ne suis plus très loin. Je m'accroupis et entreprends de me rapprocher le plus possible de la cellule de Fabio, avant de me faufiler derrière un épais buisson. Cet endroit me procure une excellente cachette : je peux observer sans être vu. Et je ne m'étais pas trompé ! Deux guerriers sont en faction devant la cellule de Fabio. Cette dernière, tout comme me l'a rapporté Alara, a l'aspect d'un énorme rocher.

En plissant les yeux, je réalise que la roche est transparente. Je discerne les deux niveaux de la prison. Mais, à cette distance, je n'aperçois guère le frère d'Alara.

— Tu as entendu ? demande le premier guerrier à son compagnon, sur le qui-vive.

Dans ma cachette, je me recroqueville. En mon for intérieur, je prie pour que les guerriers ne détectent pas ma présence.

— Non, répond le second guerrier en sortant toutefois l'épée de son fourreau.

Tous deux restent un moment aux aguets, épiant le moindre bruit. Cinq longues minutes s'écoulent durant lesquelles je crains que les guerriers n'entendent les battements de mon cœur qui résonnent bruyamment à mes oreilles. Mais il n'en est rien. Le second guerrier range son épée et s'en retourne près du feu afin de se réchauffer. Grommelant des paroles incompréhensibles, son compagnon le rejoint.

Je comprends que l'occasion m'est offerte d'agir maintenant. Avec mille précautions, je déplie ma sacoche et en extrait l'une des deux torches. Dans le creux de la main, je maintiens le bâton. Puis, j'invoque le feu. Ce dernier enflamme immédiatement la torche, que je prends soin de dissimuler dans mes paumes. Ensuite, je parviens à créer un courant d'air, suffisamment solide, pour porter la torche au loin, en direction de la forêt. La chance est avec moi, car les deux guerriers ne remarquent la flamme que lorsque je l'ai jetée.

Immédiatement, ils s'élancent en direction de la forêt. Les deux compagnons redoutent probablement un incendie. Dès qu'ils sont partis, je bondis hors du buisson. Je cours jusqu'à la cellule. Ma main tremble en cherchant la clé noire. Dans cette semi-pénombre, j'ai du mal à la repérer. Enfin, je sens ma main se refermer sur un objet glacé, en forme de pointe.

Sans hésiter, je plante la clé dans le mur. J'appuie de toutes mes forces. La réaction ne se fait pas attendre : une porte se dessine dans la roche. Ensuite, lentement, et dans un épouvantable grincement, elle se matérialise et s'ouvre. Je pénètre alors dans la cellule. Une silhouette est allongée dans le lit. Je me précipite vers elle, croyant qu'il s'agit de Fabio. Mais lorsque j'arrache les draps, je constate que c'est un leurre. Un traversin a été déposé afin de faire croire que Fabio dormait.

Soudain, une masse lourde se jette sur moi. Déséquilibré, je pars à la renverse et tombe sur le sol. Un tapis amortit ma chute, en même temps qu'il étouffe le bruit. J'ai à peine le temps de recouvrer mes esprits que je reçois un violent coup de poing dans la mâchoire.

— Tu es venu me tuer ? crie mon assaillant, qui n'est autre que Fabio.

— Imbécile ! dis-je en chuchotant. Je suis ici pour te libérer ! Je suis comme toi… Un Ravisseur.

Mon annonce stupéfie le frère d'Alara. Bien qu'il refuse de me croire, je sens le doute s'immiscer en lui.

— Ce n'est p… pas possible, bredouille-t-il, perdant de sa superbe. Père et mère t'auraient-ils chargé de mettre un terme à mon supplice ?

— Je n'obéis à personne… et certainement pas à Madog et Adenora, déclaré-je en me relevant. Cependant, j'ai revu ma position. Et je dois avouer que j'ai été extrêmement déçu par les Âmes Perdues. Au fond, je ne suis pas sûr d'être si rétif à Breval et à notre… car il s'agit de notre clan, n'est-ce pas ? dis-je à Fabio, espérant toucher sa corde sensible.

Le frère d'Alara me dévisage un instant. Je distingue à peine son visage dans l'obscurité.

— Tu dois être Jaoven. Peut-être avais-je tort ?

annonce-t-il en réfléchissant à voix haute. Peut-être que tu n'es pas un bon rien, comme ma sœur… Cette Alara, je me demande comment mes parents ont pu la supporter ! s'emporte-t-il brusquement à l'évocation de sa sœur.

— Fabio, articulé-je, nous ne disposons que peu de temps. Si nous ne partons pas maintenant, autant renoncer tout de suite à quitter le village des Âmes Perdues ! l'avertis-je avec toute l'autorité dont je suis capable.

— D'accord, cède Fabio, saisissant l'urgence de la situation. Je te suis.

Avant de partir, le frère d'Alara remet en place le traversin et les draps. De cette façon, les Âmes Perdues ne s'apercevront que le lendemain de notre fuite. Quant à moi, je m'assure que les guerriers sont encore occupés avec la torche. Lorsque je suis sûr qu'ils ne sont pas revenus, je fais signe à Fabio de me suivre. Nous traversons le campement de fortune des guerriers à toute vitesse. Nous courons encore cinq mètres avant de faire une halte.

Cachés par des chênes au tronc épais, j'informe Fabio de mon plan. Il m'écoute, puis acquiesce sans broncher. Je ne m'imaginais pas qu'il se montrerait aussi docile. C'est une chance car je n'ai guère le temps de le convaincre. Avec Alara, nous serions déjà en train d'entamer une dispute.

J'explique à Fabio qu'il nous faut atteindre la sortie du village. En réalité, il en existe deux : la première se trouve à l'orée de la forêt. Mais emprunter cette voie n'est pas envisageable, car, d'une part, elle est trop proche du village ; d'autre part, je soupçonne les Âmes Perdues d'y avoir placé un ou plusieurs guerriers. Un moment, la même expression sceptique se lit sur les traits de Fabio que celle que j'ai aperçue, seulement quelques heures auparavant sur le visage de sa sœur. Cette ressemblance est troublante. Qui aurait cru qu'Alara et Fabio puissent posséder quelque chose en commun ?

Je raconte à Fabio que j'ai longuement échangé avec des membres du Conseil, Loïc et Tristane, en l'occurrence. Tous deux m'ont ainsi révélé certains secrets. Le frère d'Alara se montre admiratif : j'ai tout de même réussi à duper les Âmes Perdues. En plaisantant, Fabio m'affirme que cela n'était pas arrivé depuis l'époque où Breval a volé les pierres de pouvoir. Je lui adresse un faible sourire. Après tout, Fabio est capable de faire des compliments.

— La deuxième sortie se situe au nord-ouest du village, murmuré-je. Il existe une montagne de petite taille. Elle est constituée de sable mouvant, que seul un balanzaï peut gravir. Une fois au sommet, il nous faudra prononcer le mot interdit de « Ravisseur ».

— Nous serons ensuite transportés dans notre clan ?

Je lui réponds par un simple hochement de tête. En dépit de l'espoir qui naît en Fabio, son inquiétude est prégnante. Il semble douter de la faisabilité de notre évasion.

— Où comptes-tu trouver un balanzaï ? m'interroge-t-il, d'une voix tendue.

— Hé bien, réponds-je sur un ton badin, nous irons les chercher là où ils sont.

Fabio me jette un regard empreint de perplexité.

Je refuse de lui en dire davantage. Nous avons déjà perdu beaucoup de temps. Désormais, il nous faut agir.

— Nous avons rendez-vous dans l'arène…

Sans ajouter un mot, je m'élance en courant en direction de l'arène, Fabio sur mes talons. D'ici une heure, nous aurons quitté le village des Âmes Perdues.

11

Diego marche à mon côté. Lorsque je suis entré dans l'arène, il s'est levé, d'instinct. Je crois que ce balanzaï m'apprécie en fin de compte. Même si je suis impressionné par sa puissance, un lien, aussi infime soit-il, s'est tissé entre mon destrier et moi… quitte à pousser Diego à trahir ceux qui ont pris soin de lui et des siens depuis plusieurs générations.

Fabio souhaitait que je ramène un second balanzaï, mais je lui ai fait comprendre que c'était impossible. Ces créatures sont tellement imprévisibles. Nous devrions nous estimer heureux que ma monture ait accepté de me suivre.

Après une longue marche, nous débouchons sur une crique. Nous avons parcouru plus de dix kilomètres. Je réalise que le village est beaucoup plus étendu que ce qu'il paraît. Cette partie du territoire des Âmes Perdues est davantage isolée. Autour de nous, le silence se fait. J'ai l'impression d'être coupé du reste du village. Je caresse le flanc de Diego pour l'inciter à descendre dans la crique. La créature m'obéit, non sans m'avoir jeté un drôle de regard : le balanzaï soupçonnerait-il ma trahison ? Je n'ai guère le temps de m'interroger.

Nous parvenons en bas. Je suis surpris de découvrir qu'il s'agit d'une fosse et non pas d'une crique. Alors que je m'attendais à rencontrer la mer, je réalise qu'un trou immense a été creusé dans ce qui devait être une falaise. Cela forme un cercle.

Au centre, se dresse une montagne de sable mouvant, ainsi que me l'avait expliqué Tristane, lors de la première semaine de ma formation. Celle-ci est apparue au moment de la malédiction. Alexandre, m'a-t-elle confié, a voulu construire une sortie de secours, au cas où les Ravisseurs décideraient d'envahir le village. Elle ne se doutait point alors à quel dessein ses confidences serviraient.

De l'extérieur, la montagne est invisible. Celle-ci ne paraît pas s'élever à plus de six ou sept mètres. Sans l'aide d'un balanzaï, je sais que cette montagne nous serait fatale. Le sable engloutirait nos corps, les digérant pendant de nombreuses années, à l'instar d'une plante carnivore géante. Je frissonne en y songeant.

Fabio a les yeux braqués sur la montagne : elle incarne son salut, la possibilité d'une existence meilleure pour lui. Elle paraît vivante, le sable effectuant sans cesse des mouvements. J'ai l'impression qu'il glisse, assenant une douce caresse au flanc de la montagne. Malgré sa beauté, je ne me laisse pas séduire.

— En route ! me lance Fabio, la voix tremblant d'impatience. J'ai hâte de partir… Mais je me vengerai ! déclare-t-il en élevant le poing vers le ciel. Avec mon père et Breval, nous reviendrons pour détruire les Âmes Perdues. Alors, leur magie sera nôtre !

Une lueur de folie éclaire le regard sombre de Fabio lorsqu'il prononce sa promesse.

— Tu les détestes vraiment…
— Tu n'as pas idée à quel point ! repartit-il avec cette même lueur dans les yeux.

Mal à l'aise, je me détourne. Je m'approche de Diego et lui présente mes paumes, ainsi que me l'a enseigné Abriel. Le balanzaï colle aussitôt sa tête contre mes mains. Comme s'il sentait l'urgence du moment, il se couche sur la terre au pied de la montagne. Je l'enjambe, me retrouvant ainsi sur son dos. Fabio se précipite et se place derrière moi sur le balanzaï.

Je prends conscience du poids que nous représentons ; j'espère que Diego pourra nous porter. Mais c'est sans compter sur la force extraordinaire de mon destrier. Le balanzaï se relève gracieusement, comme si son fardeau n'était guère plus lourd qu'une plume d'oie.

— Emporte-nous à son sommet, lui chuchoté-je à son oreille.

Brusquement, Diego se cabre légèrement, manquant de peu de renverser Fabio. Puis, il entame un galop furieux vers la montagne. L'ascension est à la fois rapide et lente. Par moment, Diego s'enfonce dans les sables mouvants. Mais il parvient à s'en dégager. Mon destrier persiste, s'obstine. On dirait qu'un duel s'est engagé entre lui et la montagne de sable. Dans un ultime effort, Diego se hisse au sommet. A cet instant, un regret m'étreint la poitrine : l'idée que je m'apprête à abandonner le balanzaï me rend mélancolique. Bien que je sois conscient qu'il ne lui arrivera rien, j'ai la sensation de laisser un ami derrière moi.

— Maintenant ! m'écrié-je, cherchant à me donner du courage.

D'une même voix, Fabio et moi prononçons le mot interdit : Ravisseurs. Mon rythme cardiaque s'accélère lorsqu'un gouffre apparaît sous nos pieds. Je ne sais par quel miracle Diego s'est volatilisé.

Autour de moi, je ne distingue plus rien. Que je garde les yeux ouverts ou fermés, cela ne modifie pas ma perception. Je suis alors aveugle dans le néant. Progressivement, la montagne de sable mouvant s'efface, tandis que Fabio et moi chutons dans un vide infini. Je reste conscient un certain temps… bien après que les cris du frère d'Alara se sont tus. La solitude enveloppe mon corps et mon esprit.

J'ai peur… peur du choix que j'ai fait… peur de décevoir mes parents, de ne pas survivre. Plus que tout, l'angoisse me saisit à la pensée que je ne reverrai probablement plus Alara. Bien qu'elle en ait choisi un autre, je ne peux m'empêcher de l'aimer. Ainsi, je murmure son nom, comme si celui-ci recelait des pouvoirs magiques intrinsèques.

Ensuite, les ténèbres fondent sur moi, et c'est le vide.

Je perds connaissance.

Adieu Alara !

12

La tour du passage est baignée dans la pénombre. Malgré cela, je discerne les armes accrochées le long du mur, dont l'éclat métallique se réverbère à la lumière d'une lanterne, placée au centre.

A ma droite, j'entends le souffle lent et régulier de Fabio. Ce dernier n'a pas repris connaissance. J'espère alors qu'il se réveillera. Il est vrai que le frère aîné d'Alara n'a été que très peu exposé à la magie. De plus, Alara lui a jeté un envoûtement… et non des moindres ! Les Âmes Perdues le nomment : le déracinement de l'âme. Si Fabio s'avise d'utiliser de la magie, ne serait-ce que frôler une pierre de pouvoir, le sortilège deviendra actif. Il déclenchera une douleur intense, quasi intolérable pouvant le conduire à son trépas. Mais je ne crois pas que Fabio soit au courant. Et, en toute sincérité, j'ai omis de le lui dire.

En m'appuyant sur mes coudes, j'essaie de me relever. Une douleur fulgurante traverse mon dos. Avec précaution, je parviens à me redresser. Je découvre alors, en tâtonnant, rendu à moitié aveugle par l'obscurité, que ma sacoche s'est glissée sous mon dos. Les coins des grimoires se sont enfoncés dans ma colonne vertébrale. Prestement, j'en profite pour vérifier que tous les objets que j'ai emportés y sont. Je m'empare ensuite de la gourde d'eau, et avale plusieurs gorgées.

Brrrrooouuummmm.

Je manque de m'étouffer en entendant la porte d'entrée, donnant sur la presqu'île, s'ouvrir à la volée. Une luminosité brusque m'éblouit un instant. Puis, je reconnais les deux gardes qui viennent de pénétrer dans la tour du passage. Le premier, en particulier, m'est tout à fait familier. J'observe son visage revêche, encadré par des boucles brunes lui tombant jusqu'aux épaules. Ses yeux noirs expriment la surprise lorsqu'il réussit à m'identifier. Puis, ses lèvres s'étirent en un rictus diabolique.

— Jaoven, me lance Kelig, plus hargneux que jamais. Tu n'aurais pas dû revenir, dit-il, laissant planer cette phrase telle une menace… A présent, rien ne m'empêchera de t'éliminer.

— Atte… Attends ! parviens-je à articuler avec difficulté. Ce n'est pas ce que tu crois. Et puis, je suis venu accompagné.

D'un geste du menton, je lui désigne le corps inconscient de Fabio. Ce dernier, comme s'il percevait la menace, se met à remuer. De sa bouche s'envolent quelques mots hachés : « Br… Breval… Fils Madog… Mère. »

Le visage du deuxième garde, qui n'est autre le père de Clerig, l'un de ceux qui ont subi la malédiction originelle lancée par Alexandre, pousse un cri en découvrant Fabio. Quant à Kelig, lui qui n'a jamais rencontré le frère d'Alara et ignorait probablement son existence jusqu'à cet instant, s'avance, la main sur la poignée de son épée. Le père de Clerig intervient alors : il pose une main autoritaire sur l'épaule de Kelig. Le fils de Breval s'immobilise, visiblement perplexe.

— Mais qu…, bredouille-t-il, en jetant un regard interrogateur à son compagnon.
— Va chercher Breval ! lui ordonne le père de Clerig.

Sans broncher, avec un air de soumission, Kelig se précipite vers l'entrée de la tour. Lorsqu'il se trouve sur le seuil, son compagnon, qui se comporte plutôt comme son supérieur, ajoute d'une voix tout aussi impérative :
— Ramène également la grande prêtresse et son époux… Dis à ton père qu'une affaire requiert la présence des Aînés. Breval comprendra.

Kelig hoche la tête avant de s'élancer à l'extérieur. Le père de Clerig s'approche alors de moi et m'assène une claque phénoménale. La surprise m'empêche de réagir. Peu après, je ressens une vive douleur.

— C'est moi qui l'ai délivré, l'informé-je en me frottant la joue. Je ne suis pas un traître, comme tu sembles le croire.

— Peut-être pas, réplique le père de Clerig pour mon plus grand désarroi. Mais tu es en partie responsable de la mort de ma fille. Et cela, je ne te le pardonnerai pas, Jaoven.

Son ton est calme, maîtrisé. Mais je perçois la haine latente dans ses propos. Je ne réponds pas, préférant me résoudre au silence. Car, le père de Clerig a touché l'un de mes points faibles : la culpabilité qui vit en mon esprit depuis la disparition de mon amie. Si je lui avais parlé, alors, elle serait peut-être encore parmi nous… Mais rien n'est plus sûr. Car les véritables responsables du trépas de sa chère Clerig ne sont autres que Breval et son épouse, Izolda, qu'il continue à servir loyalement. Mes lèvres brûlent de lui avouer la vérité. Cependant, je sais que cela ne sera d'aucune utilité : le père de Clerig préfère me croire coupable, plutôt que d'envisager que son allégeance à l'égard de Breval constitue une erreur monumentale.

Afin de chasser ces douloureuses pensées, je m'affaire auprès de Fabio. Je tente de le faire boire. Toujours endormi, le frère d'Alara avale quelques gouttes. Je décide de vider le contenu de la gourde sur sa figure. L'effet est immédiat : Fabio émerge de son inconscience. Il semble ne pas avoir trop souffert du transfert, opéré depuis le village des Âmes Perdues.

— Fabio ! s'exclame le père de Clerig. Bienvenue chez les tiens !

Soudain, le frère d'Alara se saisit de mon bras et y exerce une légère pression. Je comprends qu'il s'agit de sa façon de me remercier. Déjà, j'entends des bruits de pas se rapprocher. Breval, Adenora et Madog seront là d'un instant à l'autre. J'inspire à fond en fermant les yeux, car, c'est maintenant que tout commence.

13

La tour du passage a été aménagée pour l'occasion en salle du Conseil. Les Aînés, au nombre de quatre (ils vont par paire) se tiennent assis sur d'élégantes et confortables chaises tapissées de velours. Parmi eux, se trouvent les parents de Breval, Artus et Alana. Le second binôme se compose de la sœur d'Izolda, de quinze ans son aînée, Briny, ainsi que d'un ancien Enchanteur, du nom d'Edern. Ce dernier a été banni par son clan, avant le vol des pierres de pouvoir.

A l'époque, Alexandre, qui régnait déjà sur le village des Enchanteurs, l'a condamné à l'exil en lui ayant préalablement retiré ses pouvoirs. Edern était donc humain au moment de la malédiction. Afin de se venger, l'ancien Enchanteur a fourni des informations capitales sur le village et la magie à Breval et ses complices. Il a ainsi choisi de se joindre au complot du chef des Ravisseurs, plutôt que d'alerter les Enchanteurs de ce qui se tramait dans l'espoir de reprendre sa place parmi les siens.

Dans mon esprit, Edern est aussi méprisable que Breval. Il est dépourvu du sens de l'honneur ; seules son avidité et sa soif de pouvoir guident ses actes.

Entre les deux couples d'Aînés, Adenora et Madog encadrent Breval, qui siège lui-même sur une sorte de trône recouvert d'or et de pierres vert émeraude, que je soupçonne d'être des pierres de pouvoir. Décidément, son arrogance n'a pas de limite. Incruster de la magie dans un trône en or ! Cela me semble être du pur gaspillage. Cependant, mon instinct me souffle que ces gemmes ne sont pas placées là par hasard…

Tel un accusé, je me tiens debout, seul, face à cette assemblée. Le père de Clerig et le fils de Breval ont escorté Fabio à la demeure du chef des Ravisseurs afin que des soins lui soient prodigués. Madog a paru fou de joie en découvrant son fils qu'il croyait perdu depuis longtemps.

Pour la première fois, je l'ai observé manifester une véritable affection paternelle à l'égard de l'un de ses enfants. J'ai ressenti un pincement au cœur en songeant qu'Alara n'a jamais goûté à une telle affection. Quant à la grande prêtresse, sa réaction a été beaucoup plus mitigée. Bien qu'elle ait semblé heureuse de revoir Fabio, Adenora est restée relativement stoïque. C'est d'ailleurs elle qui a demandé à Breval de faire sortir Fabio afin qu'il soit examiné. Même le chef des Ravisseurs s'est davantage enthousiasmé. Son regard sombre, aux iris empreints de noirceur ont, pour quelques instants, laissé apparaître une lueur de satisfaction. Je n'avais jamais vu Breval montrer de l'intérêt pour quelqu'un, en-dehors de lui-même ou de ses conseillers.

Bien qu'il souhaitât visiblement discourir avec Fabio, il a obtempéré à la demande d'Adenora. Celle-ci a laissé échapper un soupir de soulagement lorsque son fils a quitté la tour du passage. Son comportement m'intrigue ; j'avais envisagé plusieurs réactions différentes, allant de la joie à de l'indifférence. Mais le rejet patent de son fils éveille ma curiosité. C'est alors qu'une idée aussi saugrenue que géniale me traverse l'esprit.

Au début, j'accuse ma trop fertile imagination. Puis, je finis par accepter l'évidence. Je me rappelle un détail qui valide mon hypothèse : Adenora et Breval ont été fiancés avant que celle-ci n'épouse Madog. Cela expliquerait l'absence de traits communs entre Madog et son fils adoré, Fabio. Le regard du frère aîné d'Alara recèle une noirceur identique à celle que j'ai déjà observée. Je l'ai remarqué dans les yeux de Kelig, dans l'iris sombre de Klaoda lorsque nous nous fréquentions, et, enfin, dans le regard impitoyable de Breval. Fabio est le fils du chef du clan des Ravisseurs.

A en croire la réaction d'Adenora, ni Breval, ni Madog, ne sont au courant. Le destin sait parfois se montrer cruel, car le seul enfant auquel le père d'Alara voue un réel amour paternel n'est pas de son sang. Je comprime un sourire qui menace de s'afficher sur mon visage. Je ne peux rien révéler… Pas maintenant.

— Jaoven, déclare solennellement Briny, les membres du Conseil et les Aînés sont réunis pour juger de ta loyauté envers les Ravisseurs.

— En effet, enchaîne Alana, la mère de Breval, tu nous as défiés… Tu as trahi ton propre clan en t'enfuyant avec la fille de Madog et de la grande prêtresse. En rejoignant les rangs de nos ennemis, tu t'es corrompu, crache-t-elle, une expression de dégoût sur le visage. Tout comme le misérable qui a tenté de partir avec vous deux, tu mériterais d'être incarcéré et torturé à vie.

Dans ma poitrine, mon cœur effectue un saut périlleux. Alan est vivant ! Alara et moi le pensions condamné. Peut-être avons-nous surestimé la cruauté des Ravisseurs. Cette pensée inepte est aussitôt remplacée par une autre qui me rend ma lucidité : s'ils ne l'ont pas tué, c'est qu'ils espéraient obtenir des informations. Maintenant que je suis revenu, les Ravisseurs ne tarderont sans doute pas à l'exécuter. Les heures, les minutes même, d'Alan lui sont désormais comptées.

— Cependant, intervient son époux, Artus, tu es rentré. Avec toi, tu as ramené Fabio, dont nous ne doutons pas de la loyauté à notre égard. Nous devons donc statuer sur ton sort.

— Nous t'offrons une chance de te racheter, insiste Edern l'air mauvais. Prouve-nous que nous pouvons compter sur toi et alors… Peut-être que, dans notre magnanimité, serons-nous en mesure de t'épargner.

D'un geste de la main, l'ancien Enchanteur m'invite à prendre la parole. En mon for intérieur, je sens que c'est l'instant clé où tout peut basculer. Après une longue inspiration, je me lance dans le récit que j'ai préparé à l'intention des Ravisseurs. Je commence directement par notre arrivée dans le village des Âmes Perdues.

A dessein, j'évite d'employer ce terme, qui donne des sueurs froides à chacun des assistants. Je n'oublie guère que nous nous situons dans la tour du passage. Un cordon traverse la tour afin de délimiter la presqu'île et le monde extérieur. En cet instant, je rêverais de m'élancer de l'autre côté et de rejoindre Alara et les Âmes Perdues. Mais j'ai conscience que ma mission vient seulement de débuter.

J'affirme que les Enchanteurs nous ont maltraités. Alara et moi avons été enfermés pendant plusieurs jours. Puis, leur chef, Oana, nous a racontés une histoire abracadabrante sur la perte de leurs pouvoirs. A ces mots, Breval m'interrompt ; il s'étonne qu'Alexandre ne dirige pas le clan des Enchanteurs. Je lui réponds que le jeteur de la malédiction a quitté le village depuis de nombreuses années. Breval se réjouit de cette nouvelle, car, sans Alexandre, il n'existe plus d'obstacle entre lui et ses plans. Il suppute que les Âmes Perdues ne seront pas en mesure de se défendre s'il décide d'envahir le village afin d'exterminer chacun des Enchanteurs. De cette façon, Breval deviendra l'unique maître des pierres de pouvoir. Lui et ses serviteurs seront ainsi libres de conquérir le monde afin d'y instaurer un règne de terreur. Le rictus qui se peint sur son visage me donne la chair de poule. Sa barbarie, autant que sa méchanceté, s'y épanouissent.

Après cet intermède, je poursuis mon récit. J'affirme

avoir refusé de soutenir les Enchanteurs. Comme je ne cédais pas, Oana a décidé de me faire enfermer à nouveau.

— C'est ainsi que j'ai retrouvé Fabio, conclus-je. Nous avons partagé la même cellule pendant plusieurs jours. Il a fini par me livrer son identité. Et j'ai fait le serment de m'échapper à la première occasion, dis-je avec aplomb.

— Comment t'y es-tu pris ? m'interroge Edern sur un ton suspicieux. Ton histoire est incroyable, Jaoven. En effet, Fabio, qui a été retenu prisonnier pendant plus d'un siècle, n'a pas réussi à s'enfuir ; tandis que toi, il t'aurait fallu un peu moins de trois semaines…

— Je comprends votre méfiance, repartis-je. Mais, tu oublies, Edern, que j'ai reçu une formation à la Demeure de l'Apprentissage, qui fut, certes, brève. Mais j'en savais suffisamment pour utiliser la magie.

A cet instant, tous les regards de l'assistance sont braqués sur le collier auquel est suspendue une pierre vert émeraude. Tous demeurent silencieux. Le Conseil et les Aînés doivent penser que j'ignore que c'est cette pierre de pouvoir qui m'a permis de recourir à la magie. Mon plan est en train de fonctionner : si chacun est convaincu que j'ignore encore une partie de la vérité, alors, leur méfiance finira par s'évaporer.

D'un autre côté, ce n'est qu'une question d'heures avant que Fabio ne reprenne complètement conscience et ne révèle aux Ravisseurs que je n'ai pas été incarcéré. Qu'au contraire, il ne me connaissait pas, ne m'ayant rencontré que la nuit de notre évasion. Les Ravisseurs réaliseront, qu'une fois de plus, je les ai dupés. Cette fois, ils se montreront sans pitié. Il me faut donc m'évader de ce village à la première occasion. A présent que je sais qu'Alan est en vie, je dois tout faire pour tenter de l'emmener avec moi. Si tant est que je parvienne à effectuer un voyage de retour…

— Admettons, s'exprime Breval, sortant de son mutisme. Qu'est-il advenu d'Alara ?

— Malheureusement, dis-je à contrecœur, la fille de Madog et de la grande prêtresse a subi un lavage de cerveau. Elle a pris fait et cause pour les…

Soudain, je m'interromps : je m'apprêtais à prononcer les mots honnis par les Ravisseurs. Aux yeux du Conseil et des Aînés, cela passe pour un trouble passager. Je continue donc :

— … Enchanteurs. L'un d'entre eux, en particulier, s'est rapproché d'elle, au point qu'Alara en a perdu la tête.

— Tu me sembles bien informé pour quelqu'un qui a passé pratiquement trois semaines enfermé, tranche d'une voix sèche Adenora.

— Alara m'a rendu visite, à plusieurs reprises. J… Je pense que les Enchanteurs l'ont envoyée pour essayer de me convaincre de les soutenir et de trahir mon propre clan. En raison de notre ancienne amitié, Alara s'est confiée à moi.

Cette déclaration est accueillie par un silence glacial. Madog et Adenora accusent le coup. Leur propre fille les a trahis, salissant leur honneur. De surcroît, elle serait tombée éperdument amoureuse d'une Âme Perdue. Les mains de Madog se crispent sur sa chaise, tandis que son visage prend une teinte rouge. Le Ravisseur bouillonne de colère.

— Comment espères-tu que nous puissions te croire ? me fustige-t-il. Ton récit ne prouve rien… à moins que tu n'aies des preuves concrètes à nous fournir, tu seras considéré comme un traître à ton propre clan, Jaoven ! Et cela n'a rien de surprenant : déjà, ton père, Elarig, n'était qu'une vermine insignifiante qui a ten…

— Silence ! lui intime Breval en frappant dans ses mains.

Puis, il reprend la parole et s'adresse à moi sur un ton mielleux que je ne connais que trop. Cela n'augure rien de bon. Si je ne parviens pas à les convaincre rapidement, mon sort sera scellé et je ne tarderai guère à rejoindre Alan dans les geôles.

— Bien que je réprouve ses manières, lance le chef des Ravisseurs en jetant un bref coup d'œil à son plus proche conseiller, Madog a raison sur un point : tu ne nous as délivrés absolument aucune preuve de ta fidélité à ton clan. Qu'as-tu à répondre ? me demande-t-il après un temps.

Sans rien dire, je décroche la bandoulière de ma sacoche. Puis, je me mets à la fouiller pour en extraire le grimoire traitant de la géographie. Je me garde bien de leur rendre le grimoire des rêves et prémonitions que j'ai pourtant emporté avec moi.

Je m'avance ensuite vers Breval et lui tends le grimoire. C'est Briny qui me l'arrache presque des mains. Sur un ordre de son chef, elle examine l'ouvrage. Au bout de quelques minutes, la sœur d'Izolda le remet à Breval, en même temps qu'elle rend son verdict :

— Il s'agit bien de l'un des trois opus dérobés dans la Demeure de l'Apprentissage.

— Je me doutais que vous ne me croiriez pas sur parole, dis-je sur un ton amer, en reprenant ma place. J'ai alors récupéré une preuve de ma *loyauté* avant de m'enfuir…

— Cela n'est pas suffisant, persiste Artus, le père de Breval. Il nous faudrait une démonstration plus concrète afin d'achever de nous convaincre.

Son regard se porte alors vers Adenora. Les autres membres du Conseil et les Aînés l'imitent aussitôt. La grande prêtresse s'agace de cette insistance. D'un mouvement altier, elle se lève et vient prendre place à mes côtés.

— Je suppute que tu fais allusion au sortilège d'usurpation, Artus ? dit-elle d'une voix hautaine.

— Adenora, lui répond Breval, cherchant à calmer les tensions qui s'accumulent. Nous avons besoin de savoir. Même s'il s'avère que Jaoven dit la vérité, la trahison de ta fille n'aura nulle répercussion ni sur toi, ni sur ton époux, lui assure-t-il d'une voix presque douce.

— Très bien, cède la mère d'Alara. Puisque tel est ton souhait, Breval…

La grande prêtresse se tourne vers moi. Elle m'ordonne de lui donner la main. Devant mon étonnement, Adenora m'explique, qu'étant donné que je suis la dernière personne de notre clan à avoir été en contact avec Alara, elle a besoin de moi pour opérer son sortilège.

— Je te sers de connexion, réfléchis-je à voix haute. D'accord.

Puis, je lui tends la main gauche dont elle se saisit immédiatement. Adenora ferme ensuite les yeux. Le sortilège qu'elle s'apprête à lancer est particulièrement difficile. Il nécessite une certaine maîtrise de la magie. Je me souviens qu'Alara l'avait employé sur moi. Plus que furieux, j'avais été impressionné par cette prouesse. Ce sort permet de s'immiscer dans l'esprit d'un être humain afin d'explorer ses pensées et ses souvenirs. Cette fois, Adenora doit franchir la barrière créée par la malédiction pour s'introduire dans l'esprit de sa fille.

Les Aînés et le Conseil retiennent leur souffle, tandis que la grande prêtresse se concentre. Un étrange courant électrique se transmet de son corps au mien. J'ai l'impression de recevoir des décharges, à répétition. Au début, je n'en conçois aucune douleur. A force, mes muscles se tétanisent. Ma respiration devient hachée. Des vertiges me saisissent tandis qu'Adenora m'entraîne avec elle dans l'esprit d'Alara. Alors, je ferme les yeux. Je quitte momentanément la tour du passage pour rejoindre les Âmes Perdues.

14

Alara se tient debout, à l'entrée du chemin qui s'enfonce dans une forêt inconnue. Elle est blessée, au point qu'elle est obligée de s'adosser à un arbre pour reprendre son souffle. Un bâton de fortune lui sert d'appui. Soudain, la silhouette d'un homme jeune, à la crinière blonde, apparaît devant elle. Celui-ci lui barre le passage. La vision se brouille un instant. J'entrevois un regard bleu vert aux couleurs de l'océan Je sens que ce regard la trouble. Alara perd connaissance.

Autre lieu, autre temps. Alara pénètre dans la bâtisse de verre, au centre de l'arène. En à peine cinq secondes, les épreuves qu'elle a affrontées se dessinent, de façon évanescente : une pluie de rochers succède à un feu, lui-même suivi d'un affrontement avec une autre Alara. Au lieu de se battre, la fille d'Adenora et son double choisissent de s'entraider.

Plus tard, je contemple Alara dans les bras d'Audren. Mon amie a triomphé des épreuves de la bâtisse de verre. Leurs deux silhouettes s'embrassent sous la clarté de la lune bienveillante. Un cercle de lumière se forme autour d'eux, sans qu'ils s'en aperçoivent : je réalise que la magie des Âmes Perdues les protège depuis le début.

Le flash suivant montre Alara et moi sur la plage, pendant notre dispute. « Je ne t'appartiendrai jamais, Jaoven ! JAMAIS ! Tu ne vaux pas mieux que Breval… Tu ne me mérites pas ! JAMAIS ! » Les paroles sans appel d'Alara me blessent encore lorsque je les entends.

Je me retrouve à nouveau sous la tente du conseil des Âmes Perdues. Je m'entends promettre de servir leur cause quoi qu'il advienne. Alara en fait de même, puis s'évanouit.

Une dernière vision montre Alara et Audren. Ils se situent dans une vaste habitation qui ne ressemble guère à celle du village des Âmes Perdues. Alara s'exerce à des sortilèges de feu, tandis qu'elle converse avec Audren. Le couple évoque mon nom. Les paroles d'Alara résonnent alors distinctement dans mon esprit : « Jaoven ne nous trahira pas… C'est un homme de parole, et il prêté serment d'apporter son aide aux Âmes Perdues. »

Un autre paysage s'esquisse, quand brusquement, les ténèbres bloquent ma vision. Le sortilège prend fin de la manière la plus abrupte qui soit.

15

Lorsque je rouvre les yeux, Breval, Madog et les Aînés observent Adenora. Cette dernière a repris contact avec la réalité en même temps que moi. Elle lâche aussitôt ma main. La panique s'empare de mon être, car, ces visions ont montré que j'avais dissimulé une partie de la vérité aux Ravisseurs, tout en prouvant qu'Alara n'est pas au courant de ma fuite.

Mon rythme cardiaque s'accélère. J'attends le verdict d'Adenora. Il ne fait aucun doute que la grande prêtresse va informer l'assistance de mes mensonges. Une pensée m'apaise : je vais bientôt retrouver Alan. Cela signifie que, même dans cet enfer, je ne serai pas seul.

L'évocation de mes parents déclenche une vague de tristesse : mon but était de les protéger. Malheureusement, j'ai échoué. Mon plus grand regret est que je ne les reverrai plus. De toutes mes forces, j'espère qu'Elina et Elarig réussiront à s'échapper.

— Al… Alara a senti ma présence, articule Adenora, d'une voix essoufflée. Elle m'a rejetée de son esprit. Dés… Désormais, je ne pourrai plus pratiquer le sortilège de l'usurpation sur son esprit. Le lien est rompu.

— Qu'as-tu vu ? s'enquiert Madog, en se précipitant aux côtés de sa femme qui vacille.

A son tour, Breval apporte son aide à la grande prêtresse. Tous deux l'escortent jusqu'à sa chaise, tandis qu'Alan lui tend un verre d'eau qu'Adenora vide d'un trait avant de répondre, d'une voix faible :

— Jaoven a dit vrai, déclare-t-elle. Alara ne sait rien de sa trahison. Et, elle s'est vraiment entichée d'un Enchanteur. Notre fille, lance-t-elle à l'adresse de son époux, est bel et bien perdue.

Je dois utiliser toute ma volonté pour réprimer un mouvement de surprise. Adenora ne m'a donc pas dénoncé au clan. Pour quelle raison ? Je ne cesse de m'interroger. De toute manière, la grande prêtresse est consciente que le réveil de Fabio permettra de connaître toute la vérité. Puisqu'elle a menti par omission volontaire, Adenora est dorénavant impliquée. Il est évident que la mère d'Alara sera jugée coupable de trahison… à moins qu'elle n'empêche Fabio de dévoiler la vérité.

N'osant pas bouger, je suis comme pétrifié, à l'instar d'une statue. Les conversations éclatent bruyamment entre les membres du Conseil et les Aînés. C'est alors qu'une voix féminine, qui m'est familière, résonne dans ma tête :

« — Tu es incontestablement un traître, Jaoven. Mais cela n'a plus guère d'importance. D'ici peu, Alara deviendra plus puissante que jamais. Désormais, il est trop tard. Nous ne devons pas la combattre.

— Je ne comprends pas, dis-je en pensée espérant qu'Adenora m'entendra.

— Consulte les pages cachées du grimoire des rêves et prémonitions. Tout s'éclaircira. »

16

Une heure plus tard, Breval, sur les conseils d'Adenora, m'a fait emmener dans sa demeure. Cette dernière est la plus imposante de toutes. Construite sur un monticule, elle semble dominer la mer. Izolda m'accueille, peu amène, comme à l'accoutumée. La femme de Breval m'entraîne dans un salon, au deuxième étage. Le mobilier se compose d'une table, de deux chaises, ainsi que d'une armoire, fermée à clé.

Izolda m'ordonne de m'installer à la table, sur laquelle du pain, de la confiture, plusieurs fruits, ainsi que du café et du jus de grenade ont été disposés. Breval a demandé à ce que je sois surveillé jusqu'à ce que la réunion du Conseil et des Aînés prenne fin. Avant de me congédier, j'ai entendu Madog suggérer d'attaquer dès le lendemain le village des Âmes Perdues. Il faut à tout prix que je les contacte pour les informer de l'attaque.

Sans un mot, Izolda quitte le salon. Elle prend soin de verrouiller la porte. Je me retrouve prisonnier. Avec frénésie, je me mets à chercher une deuxième porte, ou bien une fenêtre. Le désespoir point dans mon esprit : je suis pris au piège. Si je ne m'évade pas très vite… Je n'ose formuler cette pensée, tant elle m'emplit d'horreur.

Un sursaut d'énergie me pousse à ne pas me décourager. Je me rassieds à la table. L'odeur alléchante du café et du pain grillé titille mes narines. Mon estomac émet un gargouillement sonore. J'attrape une tranche de pain que je tartine de confiture. Je m'apprête à l'engloutir, quand une voix m'arrête :

— Ne mange surtout pas ça !

Surpris, je laisse tomber ma tartine sur la table. Avec stupéfaction, je découvre la personne que je m'attendais le moins à rencontrer sur cette maudite presqu'île.

— Klaoda ! m'exclamé-je. Comment est-ce possible ?

La fille de Breval se tient devant moi. Elle est identique à l'image que j'en ai gardée : une beauté brune, au corps svelte et élancé. Ses cheveux bouclés lui tombent sur les épaules, à l'instar de son jumeau. Mais, dans mon souvenir, l'insouciance de la jeunesse se lisait dans son regard. Bien qu'elle ne soit âgée que de vingt-quatre ans, son visage s'est endurci. Ses yeux expriment une certaine dureté. Ses traits faciaux me semblent plus marqués, comme si son visage s'était émacié, sous l'effet du souci et de la tristesse. Son corps aussi s'est transformé : ses muscles sont plus proéminents. J'ai le sentiment que Klaoda s'est exercée à combattre. Aurait-elle choisi une vie de guerrière ?

— Les aliments ont été empoisonnés, m'avertit-elle, ignorant ma surprise. Si tu avales, ne serait-ce qu'une miette de pain, tu ne te réveilleras plus jamais.

Je déglutis. Par réflexe, je m'essuie les mains contre mon pantalon, n'osant plus toucher à un seul objet de cette maison.

— Pourquoi ? m'enquiers-je. Breval n'a plus de raison de me supprimer. Je leur ai prouvé que je ne les avais pas trahis.

— Mon père, me lance Klaoda en s'avançant d'un pas, s'est toujours méfié de toi. Après tout, tu es le fils d'Elarig. Selon lui, la traîtrise est dans tes gènes…

— Dans ce cas, explique-moi la raison de ta présence ? répliqué-je avec fermeté.

— Hé bien, commence Klaoda en s'agitant d'un pied sur l'autre, évacuant ainsi sa nervosité. Il s'avère que je ne partage pas les idées de mon père… pas toutes. Mais, si tu n'as pas de besoin de moi, alors…

Klaoda esquisse un pas en direction de la porte. Je me précipite à sa suite et l'attrape par l'épaule. La fille de Breval se retourne. Son regard plonge dans le mien. J'y déchiffre de la souffrance, beaucoup de souffrance. Klaoda possède une forte personnalité. Quoi que puisse en penser Alara, je sais que son père, qui ne supporte nulle opposition, a dû lui faire payer cher son manque de soumission.

— Je déteste Breval, me souffle-t-elle, en serrant les dents. Presque autant que toi. Il n'a d'yeux que pour Kelig. Quant à moi, je ne suis qu'une fille. De surcroît, j'ai eu le malheur de t'aimer, Jaoven. Et cela, il ne me l'a pas pardonné.

Le regard de Klaoda s'emplit brusquement de larmes. Lorsque celles-ci strient ses joues, elle les essuie d'un revers de main. La fille de Breval est d'une nature combative.

— Je t'aiderai, Jaoven, me promet-elle en me tendant la main.

Aussitôt, je la serre dans la mienne. Je murmure un merci, touché par sa sincérité. Un instant, je ne peux m'empêcher de me demander si son comportement ne relève pas d'une mise en scène soigneusement étudiée. Mais cela ne rimerait à rien. Écoutant mon instinct, je décide de lui accorder ma confiance. Chacun d'entre nous a droit à une deuxième chance.

— Je vais te rapprocher de la tour du passage, m'explique-t-elle calmement. Ensuite, je créerai une diversion, afin que Breval, les Aînés, Madog et Adenora s'en aillent. De cette façon, tu pourras regagner le village des Âmes Perdues.

Je suis sidéré en l'entendant prononcer les mots interdits. Klaoda s'amuse de mon étonnement.

— Tu ne pensais tout de même pas être le seul à

connaître la véritable histoire de notre clan ?

Puis, elle ajoute, sur le ton de la confidence :

— J'ai contacté tes parents... Elarig et Elina m'ont appris *beaucoup* de choses. A vrai dire, ils m'ont ouvert les yeux sur les agissements de mon père. Allons-y ! m'exhorte Klaoda, en retrouvant son assurance. Il ne faut pas traîner.

— Attends ! la retiens-je. Je suis venu pour retrouver mes parents... Et puis, il y a Alan. Je ne peux pas l'abandonner ainsi. Mon ami s'est sacrifié pour nous donner une chance de fuir, Alara et moi.

— Je me doutais que tu dirais ça, soupire Klaoda, semblant lasse tout à coup. C'est pour cette raison que j'ai prévu un plan. Écoute-moi bien...

Tandis que ma nouvelle alliée me dévoile son plan, l'excitation de l'aventure me gagne. Une mission périlleuse s'annonce.

Grâce à Klaoda, j'ai enfin mes chances de réussir.

17

Un quart d'heure plus tard, mon alliée m'entraîne devant l'armoire. Ce meuble dissimule une ouverture. Klaoda m'apprend qu'un passage conduit directement aux geôles où Alan est enfermé. La fille de Breval sort une clé de sa poche et la tourne dans la serrure. Les portes s'ouvrent dans un grincement sonore. Mon cœur manque un battement : pourvu qu'Izolda n'ait rien entendu.

Afin de me rassurer, Klaoda me lance, sur un ton des plus banals :

— Ne t'inquiète pas, à l'heure qu'il est, ma mère te croit probablement agonisant.

— Merci, je me sens nettement mieux, dis-je, en déglutissant.

Nous nous engouffrons ensuite dans un étroit escalier de pierre. Les portes de l'armoire se referment derrière nous. A intervalles réguliers, des torches ont été accrochées sur le mur. Celles-ci s'allument et s'éteignent au fur et à mesure de notre progression. L'escalier s'enfonce profondément dans les ténèbres. Cette descente me paraît interminable.

Finalement, nous débouchons sur un palier. Une porte carrée, haute d'à peine un mètre, a été taillée à même la pierre. Nous nous arrêtons.

— J'espère que tu n'as pas oublié tes leçons de métamorphose, déclare Klaoda. A toi de jouer ! m'encourage-t-elle.

Une minute plus tard, j'ai repris l'apparence d'une tortue de terre. Mon alliée accroche ma sacoche autour de son cou, avant de m'attraper et de me glisser avec précaution dedans.

A l'intérieur, je ne distingue rien. Seuls les sons extérieurs me parviennent. Un grincement m'avertit que Klaoda vient de pénétrer dans les geôles. Son pas pressé me ballote dans la sacoche. Je repère alors le grimoire des rêves et prémonitions. J'y plante mes griffes afin de me procurer un peu plus de stabilité. Au bout d'un moment, Klaoda est stoppée par un garde.

— Qui va là ? l'interroge-t-il d'une voix menaçante.

— Baisse ton arme, Edwin. Ce n'est que moi, Klaoda. Mon père m'envoie : j'ai un message pour notre prisonnier.

— Très bien, répond le garde sans poser plus de

question. Mais ne traîne pas.

Mon alliée retrouve son pas rapide. Elle me chuchote, en se penchant vers la sacoche, que nous sommes presque arrivés. Brusquement, elle s'arrête. Je sais que nous avons atteint la cellule d'Alan. A l'aide de cette même clé qui lui a permis d'ouvrir l'armoire, Klaoda s'introduit dans la pièce.

— Oh ! Alan ! lâche-t-elle d'une voix émue. Que t'ont-ils donc fait ?

Inquiet, je remue dans la sacoche. Klaoda m'attrape et me dépose à terre. Une odeur de moisi emplit la cellule. Je lève la tête : Alan est assis sur un tabouret, sa tête se balance dans le vide, tandis que deux chaînes métalliques, chacune reliée à un mur, le maintiennent en équilibre. Ainsi, les bras écartés, l'esprit d'Alan semble avoir quitté son corps.

En un clin d'œil, je me transforme. A nouveau humain, je m'approche de mon ami. Je tente de le réveiller en le secouant légèrement. Sa tête bascule sur le côté, je découvre une large balafre qui lui barre la joue. Un liquide poisseux se colle à mes mains. Je les retire et contemple mes paumes avec un sentiment d'effroi : celles-ci sont couvertes du sang de mon ami.

J'observe Alan : ses bras sont parcourus de griffures, ou de plaies. L'une d'entre elles paraît très infectée. Quant à ses jambes, elles sont recouvertes d'hématomes. Lorsque je pose ma main sur son mollet gauche, démesurément enflé, Alan pousse un cri de douleur. Klaoda et moi poussons un soupir de soulagement : notre ami est vivant.

Avec effort, Alan relève la tête. Son œil droit est tellement gonflé qu'il ne peut l'ouvrir.

— Jao... Jaov..., essaie-t-il de m'appeler. Ja...
— Nous sommes venus te sortir de là, lui annonce Klaoda d'une voix douce.

Alan émet alors une sorte de gargouillement qui se transforme en quinte de toux. Du sang s'échappe de ses lèvres.

— C'e... Trop t...
— Non ! m'indigné-je. Certainement pas, Alan. Écoute-moi, lui ordonné-je. Tu vas vivre, Alan. Tu n'as pas survécu aux atrocités que les Ravisseurs t'ont fait endurer pour abandonner maintenant.

Klaoda me prend à part et me chuchote à l'oreille :

— Jaoven, ton ami est très mal en point... Il n'en a plus pour longtemps. Et puis, ajoute-t-elle, nous ne pouvons pas le déplacer sans le faire souffrir. Sa jambe gauche est sûrement cassée et...

D'un geste de la main, je la réduis au silence. A sa grande surprise, j'enlève ma botte. Dans celle-ci, j'ai dissimulé un minuscule flacon de mirnulyta. Après m'être rechaussé, je m'approche d'Alan et lui fait avaler de force la potion.

Klaoda et moi attendons en silence. Le mirnulyta ne tarde pas à faire effet. Une sorte de flux jaune orangé traverse les veines d'Alan, devenues translucides. Klaoda contemple ce miracle, l'air interdit. Un léger craquement nous annonce que la fracture de mon ami n'est désormais plus qu'un mauvais souvenir. Son œil désenfle un peu, tandis que ses plaies commencent à se refermer. Cependant, j'ai conscience que la quantité de mirnulyta, que je lui ai administrée, est insuffisante pour guérir complètement Alan. Cela lui permettra de tenir jusqu'à ce que nous atteignions le village des Âmes Perdues.

Mon ami se redresse : la vie se lit à nouveau dans ses yeux.

— Jaoven ! s'écrie-t-il. Tu es revenu… je suis tellem…

— Plus tard, l'interrompt Klaoda, d'une voix où se devine son inquiétude. Edwin peut revenir d'un instant à l'autre. Il nous faut partir.

Alors que je m'interroge sur la manière de rompre les chaînes qui retiennent Alan prisonnier, Klaoda sort une épée relativement courte qu'elle porte attachée à la taille. Elle prononce ensuite une incantation :

« Que de ces liens,
Tu sois délivré.
Par cette épée,
Plus rien ne te retient. »

D'un coup sec, Klaoda abat son épée sur les chaines. Celles-ci se brisent aussitôt. Alan vient de retrouver sa liberté. Ce moment de joie est de courte durée. Klaoda me rappelle qu'il nous faut quitter les geôles le plus tôt possible, sous peine d'être attrapés par les gardes.

Dans ce cas, même la fille de Breval ne pourrait pas m'aider. Refoulant la panique qui gronde en moi, je cherche désespérément une issue. C'est alors que j'aperçois une minuscule ouverture près du plafond. Des mauvaises herbes empêchent la lumière de la lune de pénétrer dans la cellule. Je réalise que nous nous situons au ras du sol.

— Par-là ! dis-je à mes deux compagnons de fortune, en désignant l'ouverture. C'est la seule issue !

— Enfin, proteste Alan, dont le visage a abandonné sa pâleur spectrale, aucun de nous ne peut s'y glisser... L'ouverture est trop petite.

— Sous votre forme humaine, la sortie est inaccessible, note Klaoda avec pertinence. Alan, te souviens-tu comment pratiquer un sortilège de mutation ? demande-t-elle brusquement.

Mon ami hoche la tête. La dernière fois qu'Alan a réussi un tel envoûtement était le soir de mon évasion avec Alara.

— Alors, vous savez ce qu'il vous reste à faire, déclare Klaoda d'une voix autoritaire, avant de se détourner de moi.

— Attends, m'écrié-je en lui saisissant le poignet, la forçant à me faire face. Klaoda, tu ne viens pas avec nous ?

A son expression, mon amie s'imagine que je la soupçonne de nous trahir. Je m'empresse de la détromper :

je n'ai aucun doute sur sa loyauté. De plus, Klaoda m'a confié les motifs qui la poussent à se dresser contre son père, et je la crois sincère.

— Breval n'est pas un imbécile. Il comprendra bien vite le rôle que tu as joué, si Alan et moi parvenons à rejoindre les Âmes Perdues.

— Je sais, soupire mon alliée. Mais, si je ne l'avais pas fait, je n'aurais pas pu me le pardonner, m'avoue-t-elle en esquissant un sourire. De toute façon, je dois retenir les gardes, au moins le temps que vous atteigniez le cottage… car tu ne partiras pas sans Elina et Elarig, cette fois-ci.

Je prends conscience que Klaoda me connaît bien, mieux que je ne l'aurais imaginé. Je ressens une admiration profonde pour sa bravoure, car mon alliée connaît parfaitement les risques qu'elle encourt.

Fille de Breval ou pas, les traîtres sont sévèrement punis dans le clan des Ravisseurs. En cet instant, une lueur de désespoir fait briller son regard sombre, la rendant plus belle que jamais. Je donnerais beaucoup pour arriver à la conforter, à la rassurer sur son avenir. Mais les mots me manquent. Dans ma gorge, ma voix s'étrangle.

Soudain, une angoisse m'étreint à l'idée que je ne la reverrai peut-être plus. Klaoda semble lire dans mon regard ses pensées obscures. Nous restons plusieurs secondes à échanger un regard qui exprime bien plus que ne le feraient de simples paroles. Le plus terrible est que c'est elle qui s'expose, alors que c'est moi qui éprouve de la peur. Je ne discerne nulle angoisse chez Klaoda.

Au contraire, sa décision de se rebeller semble l'avoir apaisée. Désormais, elle a choisi son camp. En guise d'adieu, je prononce la seule phrase capable de faire naître un espoir, car je crains que, sans cela, Klaoda ne néglige sa propre existence :

— Je reviendrai te chercher, lui promets-je. Que ce soit moi, Alara, ou les Âmes Perdues, nous ne t'abandonnerons pas à un sort funeste, Klaoda.

Mon alliée conserve une expression grave. Toutefois, je distingue un léger changement dans ses yeux, comme si le désespoir, profondément ancré en elle, venait d'être ébranlé. Elle cligne des paupières, chassant ainsi une larme. Puis, Klaoda me lance à son tour, d'une voix résolue :

— Dans ce cas, il ne s'agit que d'un au revoir… Maintenant, partez !

Alan est déjà en train d'opérer sa mutation. Quant à moi, je m'élance en direction de la mince ouverture. Je m'y accroche de toutes mes forces.

Après quelques secondes, je parviens à me hisser jusqu'à la moitié du corps. Je me retrouve bloqué. Mais cela n'a guère d'importance, car je peux dorénavant procéder à ma transformation. Peu de temps après, je suis à nouveau dans la peau d'une tortue de terre. Je m'avance dans l'herbe afin de libérer l'espace pour permettre à mon ami de passer. Je me place sur un côté et me tourne vers la sortie, mon regard plongeant directement dans la cellule. Alan est devenu un grand chat sauvage au pelage tigré. Je l'observe monter sur le tabouret, puis prendre son élan.

En un bond à la fois gracieux et agile, mon ami atteint l'ouverture. Ventre à terre, il rampe jusqu'à se dégager complètement. A l'intérieur, Klaoda dispose des petites boules noires à l'entrée de la cellule avec de nombreuses précautions. Je reconnais les sortilèges de combat avec lesquels Izolda nous a fait pratiquer. Mon alliée a l'intention de semer le trouble dans les geôles.

Tant mieux ! Cela nous laissera le temps de gagner le cottage… du moins, je l'espère.

18

A mon signal, Alan et moi reprenons forme humaine. Il nous est impossible de parcourir les cinq kilomètres qui nous séparent de la maison de mes parents en restant en animal. Quoique pour un chat, cette distance s'avère moins problématique que pour une tortue.

Sans un mot, nous filons en direction de la partie sud-ouest de la presqu'île. Nous prenons soin de longer les arbres, rasant les murs des habitations lorsque cela s'avère nécessaire. A plusieurs reprises nous manquons de peu de tomber nez-à-nez avec une patrouille de gardes. Je constate que Breval a considérablement renforcé la sécurité au village : les gardes effectuent des rondes toute la nuit. Auparavant, seul un binôme était placé à l'entrée de la tour de passage. Cela signifie donc que Breval craint que d'autres Ravisseurs n'aient des velléités de quitter le village. Mon évasion et celle d'Alara ont provoqué un trouble bien plus conséquent que celui auquel je m'attendais. Un sourire de satisfaction éclaire un bref instant mon visage. Au fond de moi, je sens que la fin du règne de Breval, un règne de terreur, doublé d'un absolutisme inégalable, approche.

Après un quart d'heure laborieux, nous arrivons en vue du cottage. Comme je m'y attendais, deux gardes le surveillent. Ils sont placés de chaque côté de la maison, de sorte que le cottage est inaccessible. Je pousse un soupir de frustration : nous sommes pourtant si près du but…

Soudain, Alan attire mon attention. En silence, il me fait signe de le suivre derrière un épais bosquet, à quelques mètres du cottage seulement. Un troisième garde vient d'arriver. Depuis notre cachette, la conversation est parfaitement audible.

— … s'est échappé, annonce le troisième garde. Nous sommes priés de fouiller les geôles, par ordre de Breval. Klaoda a été attaquée par le prisonnier et, il semblerait qu'il se soit enfui. Notre chef est furieux.

— Très bien, soupire son compagnon. Helga ! hurle-t-il alors. Nous partons !

Le dernier garde rejoint alors les deux autres. Tous les trois quittent au pas de course le cottage. Lorsqu'ils se sont suffisamment éloignés, je sors de derrière le bosquet, Alan sur mes talons. Je connais le moyen d'entrer dans la maison de mes parents. Je me faufile sous la fenêtre, orientée au nord. Là, je caresse le mur avec ma main jusqu'à tomber sur une rugosité plus importante. Je saisis alors une sorte de levier. Ce dernier se détache du mur, sous les yeux ébahis de mon ami. Je ferme les yeux, fouillant dans ma mémoire afin de retrouver la formule qu'Elina m'a apprise.

Après un temps, je murmure :

« Que l'entrée nous soit donnée.
En amis, nous venons visiter.
Que de pouvoirs, je sois privé,
Si ma parole n'était pas respectée. »

Une minute s'écoule, puis une autre. Je commence à perdre patience, tandis que le découragement se fraye une place de choix en mon esprit, lorsque retentit un léger déclic. Devant Alan et moi, la partie du mur entre la fenêtre et le sol s'efface, livrant passage. Une sorte de toboggan apparaît ainsi, telle une invitation à nous y engouffrer. Alan semble peu rassuré. Toutefois, un bruit nocturne, qui n'est probablement que le cri d'un animal, l'effraie et le pousse à s'y glisser. Le toboggan avale mon ami, avant que je ne m'y avance. Je n'ai que le temps de le distinguer que le mur se referme déjà derrière moi. Comme s'il était doté d'une vie propre, le toboggan me pousse. Je tombe pratiquement à la verticale. La chute est rapide. J'atterris sur un épais matelas dans une pièce à peine éclairée. Mon premier réflexe consiste à chercher mon ami. Toutefois, il n'est plus sur le matelas. C'est alors qu'une voix, tellement familière, que je désespérais de ne plus jamais entendre, retentit dans la pièce, en même temps qu'une lanterne, suspendue au plafond, s'allume, projetant une lumière vive :

— Jaoven ! Tu es revenu !

Aussitôt, je me redresse. Le soulagement, autant

que la joie, m'étreignent la gorge. C'est d'une voix rauque, à peine audible, que je réponds :

— Papa, je suis si content…

Les mots se meurent dans ma gorge, tandis que mon père me prend dans ses bras, pour la première fois depuis ce qui me semble être une éternité. Pourtant, seulement trois semaines se sont écoulées depuis mon départ. Ma vie a tant changé que j'ai l'impression que mon enfance, tout simplement l'existence que j'ai menée avec mes parents, appartient à un autre siècle.

Elarig relâche ensuite son étreinte, et c'est au tour de ma mère de me serrer dans ses bras. Sans un mot, elle me caresse les cheveux, ainsi qu'elle en avait l'habitude lorsque je n'étais qu'un frêle petit garçon. L'une de ses larmes tombe sur mes épaules. J'ai du mal à contenir les miennes. Je me détache alors d'elle le plus gentiment possible.

Alan est assis sur un fauteuil à l'opposé de la pièce. Mon ami paraît songeur. Ses yeux me contemplent sans vraiment me voir. Pense-t-il à ses propres parents ? Je ne doute pas que ceux-ci l'aient renié après sa trahison. Aux yeux des Ravisseurs, Alan, tout comme moi et Alara, est considéré tel un dangereux criminel.

Pourtant, mon ami n'a fait que se battre pour ce qui lui semble juste. En dépit de la joie immense que j'éprouve d'avoir retrouvé mes parents sains et saufs, une empathie sincère s'empare de mon être. Un instant, la tristesse me submerge : les Ravisseurs préfèrent sacrifier leur progéniture plutôt que de risquer de perdre leur rang au sein de notre clan. Cette pensée m'écœure.

— Alan, l'appelle Elina, nous sommes heureux de te trouver libre et en à peu près bonne santé.

— C'est grâce à Jaoven, lui répond-il avec un sourire presque triste. Sans lui et Klaoda, je ne m'en serais pas sorti…

— Klaoda ? s'étonne immédiatement Elarig. La fille de Breval vous a apporté son aide ?

— C'est exact, confirmé-je. Si elle n'était pas intervenue, Izolda m'aurait probablement empoisonné à l'heure qu'il est.

— Je crois qu'il est temps que nous ayons une longue conversation, me lance Elina, d'une voix empreinte de curiosité. Il me semble que ces trois dernières semaines t'aient profondément changé, Jaoven.

Je ne sais de quelle manière interpréter ses propos. Son regard, à l'instar de son expression, est indéchiffrable. Je me rappelle, qu'étant enfant, j'ai toujours été fasciné par l'air énigmatique de ses traits. A mes yeux, ma mère demeure un mystère.

Sans m'appesantir davantage, je me lance dans le récit de ce qu'ont été ces trois dernières semaines parmi le clan des Âmes Perdues. Alan, qui ignorait la vérité, m'écoute avec la plus grande attention. Je lui révèle ainsi la vraie nature de Breval et de ses complices. Brièvement, j'évoque aussi l'entraînement à la magie. Je ne parle presque pas d'Alara, car, en cet instant, je sais qu'elle me croit coupable de trahison envers les Âmes Perdues. Une fois de plus, j'ai été forcé de dissimuler la vérité. Et j'ignore si elle me le pardonnera. Je m'abstiens donc à dessein d'aborder un sujet sensible, voire douloureux, à mes yeux.

Je termine par narrer à mon auditoire la conversation télépathique que j'ai eue avec Adenora. Alan pousse un cri de stupéfaction, tandis que mes parents restent de marbre.

— Cela signifie donc qu'Adenora a changé de camp ? m'interroge Alan, abasourdi par une telle hypothèse.
— Non, rectifie Elarig. La grande prêtresse n'abandonnera pas les Ravisseurs, elle a trop à y perdre. Mais Adenora pense…

Elarig suspend sa phrase. De biais, il jette un coup d'œil à son épouse. C'est Elina qui termine :
— Adenora croit à la révélation de certains rêves, nous informe-t-elle. Le mieux serait que tu consultes le grimoire des rêves et prémonitions… Enfin, s'il est accessible, achève-t-elle, l'air préoccupé.

Délicatement, je dépose ma sacoche à terre. Puis, j'en extrais le précieux grimoire. Elina pousse une exclamation mêlant joie et surprise.

— Alara me l'a remis, il y a quelques jours, expliqué-je. Elle voulait que je puisse découvrir les rêves par moi-même. La plupart me paraît très énigmatique… J'ai été pratiquement incapable de les interpréter.
— C'est normal, me rassure Elarig en posant une main sur mon épaule. Étudier les rêves, déchiffrer leur sens cacher, nécessitent de l'entraînement… tout comme l'usage de la magie.

Ma mère se met à tourner les pages avec fébrilité. Alan vient s'asseoir à côté d'elle, captivé par le grimoire.

Pendant ce temps, j'en profite pour me reposer. Quelques instants de sérénité suffisent à m'abreuver en énergie pour affronter le reste de la nuit. Je m'étends sur le matelas sur lequel Alan et moi avons atterri en entrant dans le cottage. Nous nous trouvons dans la cave, plus précisément dans la partie aménagée en pièce secrète. Celle-ci a été soumise à un envoûtement afin d'empêcher quiconque de pénétrer dans la maison, s'il n'y a pas été préalablement invité. C'est là qu'Elina, Elarig et moi nous réunissions lorsque j'étais enfant et qu'ils ont choisi de me révéler la véritable histoire de notre clan. C'est aussi dans cette même pièce que ma mère m'a initié à la magie, pour la première fois.

Bien que les murs, de pierre blanche, soient à nu, il ne fait ni froid, ni humide. Le sol a été intégralement recouvert de tatamis noirs et rouges, aux couleurs du clan des Âmes Perdues. Au plafond, des lucarnes ont été accrochées à intervalles réguliers ; elles constituent l'unique source de lumière de la pièce. Devant le matelas, un salon a été arrangé : une petite table, le fauteuil en velours vert auquel ma mère tient tant, deux tabourets et une chaise en composent le mobilier. Une cloison sépare cette partie du reste de la pièce.

Je décide de m'y aventurer. Sur la pointe des pieds, je me dirige vers la cloison. Après l'avoir ouvert sans bruit, j'explore un deuxième espace délimité par une autre cloison. Un matelas recouvert de couvertures et d'oreillers s'y trouve. De chaque côté du lit, un énorme panier en osier contient les affaires que mes parents ont emportées avec eux avant d'abandonner le reste du cottage. Je comprends ainsi qu'ils sont cloîtrés au sous-sol depuis mon départ. Je suis surpris de constater à quel point ils se montrent sereins, très loin de l'inquiétude qu'ils ont manifestée dans la lettre adressée à Alexandre.

Je m'avance encore un peu et franchis la dernière cloison. Je débouche alors dans un immense garde-manger. Dans un coin de la pièce, plusieurs dizaines d'ouvrages ont été entassés sur une bâche. Mes parents semblent ne manquer de rien. Bien que leurs conditions de vie actuelle ne soient pas idéales, je n'entrevois pas de raison de désespérer.

— Jaoven ! m'appelle Alan. Viens voir ! Vite !

J'accours dans la première partie de la pièce, prenant à peine le temps de refermer les cloisons derrière moi. Elina, Elarig et mon ami sont tous trois penchés au-dessus du grimoire des rêves et prémonitions. Leurs yeux expriment une excitation identique. J'en déduis qu'ils ont trouvé les fameuses « pages secrètes » qu'a évoquées la grande prêtresse.

— Plusieurs pages ont été cousues, m'indique Elina en me montrant le grimoire. Celles-ci contiennent un rêve des plus intéressants… De surcroît, il s'agit d'un rêve d'Adenora.

Elle me remet le grimoire ouvert et m'invite à le lire. Je me plonge dans la lecture. A sa rédaction, j'ai l'impression de découvrir davantage une prophétie qu'un simple rêve prémonitoire. Je préfère garder cette réflexion pour moi. Le style est peut-être lié à l'arrogance de la grande prêtresse. Je ne parviens pas à y croire. Je sens *quelque chose* de différent, à la lecture de ces quelques lignes.

« Cachées autant qu'abritées par le mensonge d'un clan ennemi, les Âmes Perdues sont vouées à l'extinction. Capables de survivre, elles sont privées d'une réelle existence. Si, dans la cent-treizième année suivant la malédiction d'Alexandre, aucun clan n'emporte une victoire, alors, la magie sera déliée. Ainsi, rendue à son état originel, elle quittera définitivement ce monde. Ravisseurs et Âmes Perdues seront condamnés à errer, privés de pouvoirs, jusqu'à la fin des temps.
Pour s'assurer la victoire, les Âmes Perdues devront soumettre leurs ennemis, ou bien, trouver une héritière. Alexandre choisira celle digne de recevoir la sagesse de son clan, car, elle seule pourra prolonger la magie, retardant l'extinction de la malédiction.
Pour triompher, les Ravisseurs devront détruire les Enchanteurs, sans annihiler la magie. S'ils parviennent au changement d'état, la magie leur appartiendra à jamais… à condition d'anéantir l'héritière.
Pour survivre, elle devra combattre… Le combat est son unique salut. »

— Cet écrit est plus que sibyllin, déclaré-je. Et pourtant… On dirait qu'Adenora en sait davantage qu'elle ne le dit, qu'elle ne l'a jamais dit à Breval, conclus-je, songeur.

— Je la soupçonne d'avoir eu des contacts avec

Alexandre, m'informe Elarig en se frottant le menton nerveusement. Par quels moyens aurait-elle communiqué avec lui ? Je n'en ai aucune idée, confesse-t-il subitement.

— C'est déconcertant, renchérit Elina d'une voix lasse.

Je contemple alors mes parents, l'air interdit : joueraient-ils la comédie devant Alan ? Pourtant, ce n'est pas le genre d'Elina et d'Elarig. D'ailleurs, si Alan n'avait pas été jugé digne de pénétrer dans le cottage, il n'aurait pu franchir l'entrée. Je suis donc stupéfié qu'ils nient ainsi connaître un quelconque moyen de contacter les Âmes Perdues. Mon expression les alerte aussitôt ; ma mère se tourne vers moi, et me demande, sur le ton plus affectueux que je lui connaisse :

— Que t'arrive-t-il, mon fils ? Tu ne sembles pas très bien…

Ma mère paraît inquiète. Un doute s'insinue en mon esprit. Serait-ce possible que j'ai été dupé à ce point ? Cette fois, je romps mon mutisme. Il faut que je sache.

— Elarig et toi avez envoyé un message de détresse à Alexandre, répliqué-je sur un ton plus froid que je ne l'aurais voulu. Pourquoi nier ?

Mes parents échangent un bref regard. En cet instant, j'aimerais connaître leurs pensées.

— Nous n'avons JAMAIS, insiste Elarig, adressé un quelconque message aux Âmes Perdues… encore moins à Alexandre.

— Même si les gardes de Breval avaient réussi à briser le sortilège de protection, ajoute ma mère, nous n'aurions pas lancé de SOS. Nous n'attendons pas des Âmes Perdues qu'elles nous aident. No... Nous avons une dette envers elles, que nous comptons rembourser, termine-t-elle, d'une voix grave.

A cette annonce, j'en ai presque le souffle coupé. Le doute n'a plus de raison d'être : désormais je comprends que j'ai été manipulé. Loïc et Tristane que je considérais comme des amis se sont servis de moi. Et j'en devine aisément la motivation : les Âmes Perdues ont l'intention de tendre un piège aux Ravisseurs. Il fallait à tout prix que je délivre l'annonce de leur attaque imminente, de sorte que Breval et son clan déclencheront l'assaut, croyant les prendre par surprise, alors qu'il n'en est rien.

L'idée que les Âmes Perdues ont agi comme si je recevais une faveur me révolte ! Elles m'ont utilisé... Cependant, j'ai prêté serment. Avant de partir en mission, j'ai juré de ne rien révéler de leur plan, quoi que je découvre. En cet instant, moi qui désirais par-dessus tout m'affranchir de mon clan, je prends conscience que je suis pieds et poings liés aux Âmes Perdues. Peut-être est-ce le prix à payer pour racheter les erreurs de jeunesse de mon père. Si Elarig n'avait pas soutenu Breval, notre famille serait demeurée au village des Âmes Perdues. Et notre vie n'en aurait été que plus heureuse.

De toute manière, il est trop tard : je n'ai pas la volonté, ni l'énergie de trahir ceux qui m'ont piégé. En acceptant cette mission, j'ai perdu ma liberté. Mais ce n'est que temporaire. Un jour, je quitterai ce monde de magie pour rejoindre celui des humains.

— Jaoven, m'appelle doucement Alan, tu es sûr que tout va bien ?

— Évidemment, répliqué-je d'un ton un peu brusque, ravalant ma colère. A présent, il nous faut penser à notre évasion.

Devant la surprise de mes parents, j'ajoute d'une voix pleine d'assurance :

— Vous vous doutez que je n'ai pas fait tout ce chemin pour repartir sans vous.

— Non, Jaoven, repartit Elarig. C'est trop dangereux… Tu devrais t'enfuir avec Alan.

— Nous repartirons tous les quatre, ou nous ne repartirons pas, dis-je d'un ton qui n'admet pas la contradiction.

— Je suis d'accord, approuve Alan. Quel est ton plan, Jaoven ?

J'esquisse un sourire à l'adresse de mon ami. Alan me connaît bien : il sait pertinemment que je ne céderai pas. J'apprécie son soutien, en un moment où j'ai cruellement besoin d'amis.

— Hé bien, voilà ce que j'ai pensé…

Et je me lance dans le détail de ma stratégie. Lorsque j'ai fini, Alan et mes parents sont visiblement admiratifs. Mon plan peut fonctionner, à condition de respecter à la lettre son déroulement. Je consulte l'heure sur l'horloge, à ma droite. Celle-ci indique quatre heures trente.

L'adrénaline se propage brusquement dans mes veines, à la pensée que, dans moins d'une heure, nous aurons quitté le clan des Ravisseurs.

19

Tapi au fond de la sacoche sous la forme d'une tortue de terre, je me remémore les confidences d'Alan. Avant de quitter le cottage, je n'ai pu m'empêcher de questionner mon ami sur un détail. Comment se fait-il que les Ravisseurs lui aient laissé la pierre de pouvoir, alors même qu'ils l'ont emprisonné et torturé ? La réponse a provoqué l'effroi et la colère : les Ravisseurs espéraient qu'il utiliserait la magie… car, après avoir subi une telle torture, l'organisme d'Alan n'aurait pas pu fournir l'énergie nécessaire.

Bref, le recours à des sortilèges l'aurait probablement tué. Malgré l'ignominie des Ravisseurs à son égard, je ne constate ni rancœur ni hargne de mon ami envers ses tortionnaires. Dans le fond, cela se comprend aisément : la meilleure vengeance d'Alan consiste à rejoindre les Âmes Perdues.

Aïe ! Je ne peux retenir un léger couinement, lorsque la sacoche heurte le mur d'une maison. Aussitôt, mon père me demande de me taire, de peur d'attirer l'attention. Il s'immobilise donc quelques instants. Rien ne se passe. Je l'entends pousser un long soupir avant de reprendre sa progression en direction de la tour du passage, ma mère sur ses talons.

Mon plan, si simple soit-il, se révèle ainsi fort ingénieux. Elarig et Elina ont revêtu le costume des gardes de Breval. Chacun porte un sac dans lequel Alan et moi sommes cachés sous notre forme animale. Le casque qu'arborent Elina et Elarig dissimule leur visage, de sorte qu'ils ont peu de chance d'être reconnus.

Soudain, mon père accélère l'allure. Je l'entends haleter tandis qu'il gravit le chemin pentu qui permet de se rendre à la tour du passage. Je n'ai qu'une envie : glisser ma tête à l'extérieur afin de jeter un coup d'œil. Bien sûr, je connais les risques. Et je ne peux me permettre de les prendre. Elarig ralentit légèrement sans pour autant s'arrêter. Je crois qu'il attend qu'Elina le rattrape. Ma mère semble avoir quelques difficultés à transporter Alan.

Sous son apparence de chat sauvage, il est plus lourd que moi. Mais Elina a insisté pour le transporter. Ma mère sait qu'Alan est blessé. Avant de partir, je lui ai rapidement expliqué l'état dans lequel Klaoda et moi l'avons retrouvé, ainsi que le remède temporaire que je lui ai administré. Elina maîtrise l'art des soins et des remèdes. Un bref regard lui a confirmé ce que je pensais : Alan a besoin de soins au plus vite… Mon ami n'est pas encore tiré d'affaire, car, comme il me l'a confessé, l'utilisation de la magie épuise son organisme qui n'est pas capable de supporter le recours à des sortilèges. D'ailleurs, juste avant de muter, j'ai observé des cernes violacés sous ses yeux. Ceux-ci n'existaient pas lorsque je l'ai amené au cottage. Si nous ne gagnons pas très vite le village des Âmes Perdues, il est probable qu'Alan mourra d'épuisement. Cette menace, qui plane au-dessus de nos têtes, telle une épée de Damoclès, renforce notre motivation à tous.

— Dépêche-toi, Elina ! chuchote mon père sur un ton empreint d'impatience. Nous devons arriver pour l'heure de la relève, c'est-à-dire, dans moins de dix minutes ! Et il nous reste encore un bon kilomètre à parcourir.

— Je… fais… ce… que… je… peux, articule ma mère à bout de souffle. Cesse de t'agiter, Elarig, dit-elle, mieux oxygénée cette fois-ci. Cela ne sert à rien !

Sans que mon père ait eu le temps de répondre, une voix masculine les hèle au loin. Au fond de la sacoche, un frisson me parcourt sous ma carapace. Avec le plus de discrétion possible, je décide de me hisser sur le rebord du sac en toile. En donnant un léger coup de tête, je parviens à obtenir une vision satisfaisante des environs, tout en restant caché.

Des bruits de pas se rapprochent. Elina est tentée de fuir, mais Elarig la retient. Tout va se jouer maintenant, au bluff. Si mes parents ne sont pas démasqués, alors nous avons toutes les chances d'en réchapper vivants. J'étouffe un petit cri en reconnaissant l'intrus. Celui qui les a ainsi interpelés n'est autre que le responsable des geôles, un être infâme du nom de Roparz. Ce dernier s'occupe de torturer les prisonniers. Le cas échéant, il se transforme en bourreau et procède avec allégresse aux exécutions.

Depuis que je le connais, il m'est toujours apparu comme un monstre barbare et sanguinaire, dépourvu de toute humanité. Si Roparz s'aperçoit qu'il s'agit d'Elarig et d'Elina, il est incontestable qu'il ne fera montre d'aucune pitié. En revanche, pour l'avoir observé à plusieurs reprises, Roparz n'est guère doté d'une grande intelligence. Pour le dire clairement, sa bestialité n'a d'égal que sa bêtise.

— Pourquoi vous promenez-vous ? demande-t-il sur un ton bourru, une fois parvenu à la hauteur de mes parents.

Roparz possède la manie de gigoter constamment. Il ne cesse de gesticuler, même lorsqu'il n'avance pas. Ses tics m'ont toujours fait froid dans le dos. En effet, Roparz a une manière bien à lui d'incliner brièvement la tête sur le côté à intervalles réguliers. Ce geste déclenche une sensation irrépressible de malaise chez moi. Le plus désagréable est, qu'à chaque fois qu'il bouge, Roparz émet un son de cliquetis, provoqué par la multitude d'armes qu'il transporte avec lui en permanence. La lumière de la lune me permet d'entrevoir plusieurs couteaux attachés autour de son poignet, par-dessus une épaisse cotte de maille. Cet attirail est complété par deux épées et un poignard, attachés à son ceinturon. La lame d'une hache brille derrière son dos, tandis qu'une chaîne en métal, attachée à son autre bras, au bout de laquelle pend une boule parsemée de pique, constitue son armement visible. Je déglutis en silence.

— Nous vaquons à notre tâche, rétorque Elarig en prenant une voix gutturale. On nous a ordonnés de prendre la relève, à l'entrée de la tour…

— Qui vous a envoyé ? aboie aussitôt Roparz. Je suis le seul à commander, ici !

Puis, il balance la chaîne en métal d'avant en arrière, comme s'il s'apprêtait à l'abattre sur mon père. Brusquement, il s'exclame :

— Ce doit être Edwin, n'est-ce pas ? interroge-t-il Elarig.

Mon père doit acquiescer, car Roparz poursuit sur une voix rude et quelque peu agressive :

— Les geôles ont été attaquées, cette nuit. Un prisonnier s'est échappé, et la fille de Breval a été blessée… Alors ouvrez l'œil ! crache-t-il avec véhémence. Il est probable que ce vaurien essaie de gagner la tour. Soyez vigilants, ou vous en répondrez devant moi !

A ces mots, Roparz esquisse un demi-tour. Son attention est attirée par les sacs que portent Elarig et Elina. Sans un mot, il fonce droit sur la sacoche de mon père et plonge sa main au-dedans. J'ai à peine le temps de me laisser tomber dans le fond. Dans la panique, je saisis le premier objet que je trouve et le place dans la main de Roparz. Heureusement, il s'agit d'une grappe de raisin que j'avais pris soin d'emporter.

Le responsable des geôles éclate de rire. Même le son que produit sa voix, en cet instant, paraît menaçant. En mon for intérieur, je prie de toutes mes forces pour qu'il déguerpisse. Chacun de mes muscles est crispé sous l'effet de la tension, au point que mes pattes arrière commencent à se tétaniser.

— Je vois qu'on a pris ses précautions ! Maintenant, filez ! ordonne-t-il, toute trace de rire ayant disparu de sa voix.

Puis, il assène une violente tape dans le dos de mon père. Ce dernier bascule en avant ; il évite de justesse de trébucher. Et je me retrouve sur le dos. Dorénavant, je suis incapable de bouger. Mes pattes battent l'air inutilement pour tenter de me redresser. Enfin, Roparz reprend son chemin et nous laisse passer.

Après s'être assurés qu'ils sont de nouveau seuls, mes parents entament un sprint durant le dernier kilomètre qui nous sépare de la tour. A une centaine de mètres, ils s'arrêtent. A ce stade, il ne faudrait surtout pas éveiller la suspicion de gardes, plus enclins à la réflexion que Roparz.

— Bonsoir, lance mon père d'une voix cordiale aux deux gardes de l'entrée. Nous venons prendre la relève…

—Vous êtes en retard, grommèle l'un des gardes.

— Nous avons croisé Roparz, les informe Elina, en prenant une voix rauque. Il n'était pas très content, lâche-t-elle sur un ton énigmatique, laissant planer une menace.

— Et quelle raison a-t-il de se plaindre ? s'emporte le second garde. Nous sommes restés à notre poste durant toute la durée de la réunion… Celle-ci s'est terminée bien après le premier quart. Nous n'avons pas été relevés de toute la nuit !

— Ce n'est pas contre vous, rectifie Elarig. Mais un prisonnier s'est échappé.

Cette déclaration dissipe le mécontentement des gardes.

— Roparz vous attend à l'entrée des geôles, enchaîne Elina de cette même voix déformée. Klaoda a été blessée.

— Hé bien, partons ! s'exalte tout à coup le premier garde. Si nous réussissons à mettre la main sur le prisonnier, je suis sûr que Breval et Roparz sauront nous récompenser.

— Je n'aurais pas pu mieux le formuler. Bonne chance ! leur lance Elarig, alors que les deux gardes s'éloignent.

Mes parents demeurent silencieux un instant. Ils font mine de se poster à l'entrée de la tour jusqu'à ce que la silhouette des gardes soit engloutie par les ténèbres nocturnes.

— Oufff ! lâche Elarig. Vous pouvez sortir, nous affirme-t-il sur un ton détendu.

— Non, intervient ma mère. Attendons de pénétrer dans la tour… On ne sait jamais.

Un grincement sonore retentit, me glaçant les os. Dans le silence de la nuit, chaque bruit paraît amplifié. Et celui-ci me déchire les tympans. Heureusement, mes parents referment rapidement la porte, puis, ils la verrouillent. Ensuite, seulement sommes-nous autorisés à reprendre forme humaine. Elarig m'attrape avant de me déposer délicatement sur le parquet ; tandis qu'Alan bondit hors du sac, laissant échapper un miaulement.

Quelques minutes plus tard, je peux ainsi observer l'intérieur de la tour. C'est ma mère qui est entrée la première ; en conséquence, le décor s'est adapté à sa personnalité. La dernière fois que je m'y suis rendu, la tour s'est transformée en une salle d'armes.

A présent, nous nous trouvons tous les quatre dans un observatoire. Au centre, se dresse un télescope géant, positionné sur un promontoire. Deux rangées de livres soutiennent une vitrine circulaire, longeant le mur, laquelle contient des objets aussi surprenants que fascinants : je repère ainsi plusieurs photos de mes parents encadrées, une paire de jumelle, une toile accompagnée d'une palette de peinture, ainsi qu'un bilboquet jaune canari. A l'expression émue de ma mère, je devine que chacun d'entre eux lui rappelle un souvenir bien précis. Mon père semble aussi bouleversé qu'Elina. Je réalise alors que c'est la première fois qu'il est entré dans la tour depuis cette funeste nuit où Breval l'a privé de ses pouvoirs.

— Nous ferions bien de nous hâter, les presse Alan, l'air anxieux.

Malgré l'attrait que cette pièce exerce sur moi et les nombreuses interrogations que son apparition a fait naître, je suis d'accord avec mon ami. À tout moment, un garde peut surgir ; ce qui signifierait que mes efforts seraient réduits à néant, car, Breval apprendrait que mon retour parmi les Ravisseurs n'était qu'une mascarade pour aider les Âmes

Perdues à les piéger, lui et son clan.

— Cela fait très longtemps que je rêvais de revenir ici, avoue ma mère, au bord des larmes. J…

Mais elle n'a guère le temps de terminer sa phrase, car, à ce moment précis, la porte de la tour s'ouvre brutalement, faisant voler en éclats le verrou.

— Je savais que je vous avais vus ! s'écrie l'intrus, d'une voix triomphante. Je ne vous laisserai pas vous en sortir si facilement… surtout, toi, Jaoven. Nous avons un contentieux…

— Sezig, intervient mon père, mon fils n'est pas responsable de l'assassinat de ta fille. Le meurtre de Clerig a été prémédité par Izolda et Breval. Tu dois me croire, le supplie mon père.

Ces paroles n'ont aucun effet sur Sezig ; pire, sa rage semble de redoubler d'ardeur.

— Jaoven est coupable… et il va payer ! siffle-t-il entre ses dents.

A partir de cet instant, tout se passe très vite. J'ai l'impression d'être un observateur extérieur : la scène qui se déroule sous mes yeux m'est à la fois étrangère et familière.

Sezig bondit dans ma direction, le poing levé, tandis que mon père s'interpose. Leurs corps s'entrechoquent dans un terrible craquement dans les airs, avant qu'ils ne s'effondrent tous deux sur le sol. Alan en profite pour refermer la porte. Il murmure une incantation afin de la verrouiller à nouveau. Ma mère nous entraîne alors, Alan et moi, derrière le rideau de glace qui sépare la tour du passage en deux. Elina nous pousse au-devant d'elle. Je lutte, lorsque je comprends qu'elle ne veut pas me rejoindre.

Je m'accroche à son bras, tel un enfant suppliant sa mère de ne pas l'abandonner. Alan se tient près de moi. Mon ami est pétrifié par l'angoisse. C'est alors qu'une idée me traverse l'esprit : Elina refusera de partir sans mon père. Ce dernier est en mauvaise posture, face à un adversaire roué à l'art de combattre à mains nues. J'en conclus qu'il ne reste qu'une solution : amener Sezig, de gré ou de force, avec nous, au village des Âmes Perdues.

— Pousse-le de l'autre côté de la frontière ! crié-je à mon père.

En une fraction de seconde, Elina comprend ma stratégie. Je lâche alors le bras de ma mère ; celle-ci se rue vers Sezig. Avec mon père, ils parviennent à entraîner Sezig de l'autre côté. Ce dernier se met à hurler de rage. Alan se jette alors contre le père de Clerig. A eux trois, ils parviennent à l'immobiliser. Bloqué, Sezig ne rend pourtant pas les armes.

— Je ne prononcerai jamais les mots interdits ! crache-t-il.
— Sezig, déclare Alan d'une voix ferme, ce qui lui coûte de sacrifier ses dernières ressources, j'aimais Clerig… j'aimais Clerig plus que tout… plus que ma famille, plus que ma propre vie. A présent, elle est partie,

dit-il en réprimant un sanglot. L'unique façon d'honorer sa mémoire est d'accepter la vérité.

— Ce sont des menteurs, Alan ! rugit Sezig de plus belle, les yeux exorbités par la fureur. Breval n'aurait jamais sacrifié ma fille… Cl… Clerig avait réussi l'épreuve initiatique, al…

— Ta fille posait trop de questions, interviens-je subitement. Elle s'est montrée curieuse et donc peu malléable. Izolda a pris peur.

J'ose à peine regarder Sezig dans les yeux. Une partie de moi se sent responsable de la destinée tragique de Clerig. Et pourtant, si j'avais agi, il n'y aurait pas eu un meurtre, mais peut-être deux, ou trois, en ajoutant celui d'Alara.

Des coups retentissent alors contre la porte. Elina et Elarig échangent un regard paniqué. Nous ne pouvons partir en laissant Sezig derrière nous. Mais si nous ne prononçons pas très vite les mots interdits, les Ravisseurs ne tarderont guère à nous débusquer. Ce n'est qu'une question de minutes. Je sens mes artères battre dans mes oreilles, tellement je suis anxieux. Un vertige me saisit l'espace d'un instant.

Dans deux minutes, tout au plus, tout sera fini. Les gardes enfonceront la porte. Ils nous trouveront tous les cinq et nous encercleront. Alors, ce sera la fin. Pire que cela, j'aurais failli.

— Âmes Perdues…

Je n'en crois pas mes oreilles. Sezig vient de murmurer les mots interdits. Mes parents, Alan et moi l'imitons aussitôt. Je sens le vide me happer. Comme un aimant, je suis irrésistiblement entraîné dans cette vacuité infinie.

Avant de perdre connaissance, je distingue la porte de la tour du passage : celle-ci est encore fermée. Le soulagement me submerge à la pensée que j'ai réussi ma mission. Les Âmes Perdues ont désormais une véritable chance de récupérer leurs pouvoirs.

Un poids se lève de ma poitrine, car je viens de réparer, par cet acte de bravoure et de loyauté, la trahison tant regrettée de mon père, Elarig. Ensuite, les ténèbres envahissent mon esprit, serein, pour la première fois de mon existence.

Chapitre 2 : Alexandre, ou la malédiction éternelle

1

Le cœur battant la chamade, je trépigne d'impatience. Les membres du Conseil, Oana, Loïc, Tristane, Caroline, Loïc, Audren ainsi que le vieil Enchanteur dont j'ignore le nom, sont rassemblés au pied de la montagne de sable. Un silence pesant s'est abattu sur l'assemblée que nous constituons. Jaoven devrait revenir, d'un instant à l'autre.

Les membres du Conseil forment un demi-cercle. Quant à moi, je me tiens à l'écart, légèrement en retrait. Depuis que ma mère, la grande prêtresse Adenora, a lancé son sortilège d'usurpation, j'ai compris que *quelque chose* clochait. Par un prodigieux miracle, je suis parvenue à l'expulser de mon esprit, brisant ainsi le sort. Lorsque j'ai repris conscience, Audren se tenait à côté de moi. Il était assis dans le lit que nous partageons dans son étrange et solitaire demeure à flanc de montagne. Le fils d'Oana a pris une longue, une très longue inspiration, comme s'il anticipait un manque d'air futur, puis, il m'a révélé le plan que les membres du Conseil avaient mis au point, avec la participation de Jaoven.

Ma première réaction a été d'entrer dans une violente colère. Ainsi que je l'avais reproché avec tant de virulence à mon meilleur ami, Audren m'a menti. A la différence de Jaoven, il ne l'a pas fait pour me protéger, mais dans l'intérêt de son clan. Quand je le lui ai dit, Audren a répliqué qu'il préférait que ce soit mon meilleur ami plutôt que moi. En effet, il existait une faible chance de succès, et Audren désirait me préserver. Cependant, je n'y crois qu'à moitié. En tant que fils du chef des Âmes Perdues, Audren est dévoué à la cause de son clan. S'il a refusé de m'envoyer en mission, c'est qu'il estimait que Jaoven serait plus à même de remplir sa tâche.

Depuis cet instant, la colère ne m'a pas quittée. Je n'ai plus adressé la parole à mon amant. Sans un mot, je suis sortie en pleine nuit et je me suis rendue au pied de la montagne de sable mouvant. Peu après, Audren et Oana ont rassemblé les membres du Conseil afin de se préparer à accueillir Jaoven.

Cela fait maintenant une heure que nous guettons le moindre mouvement. J'ai entendu Loïc affirmer que si Jaoven n'apparaissait pas avant le lever du jour, soit dans moins d'une demi-heure, alors, l'espoir de le voir revenir s'éteindrait.

Cette attente est insupportable. Avec nervosité,

je mordille mes ongles. Si mon meilleur ami ne rentrait pas, je pense que je ne me le pardonnerais pas. Je prends conscience que je me suis montrée très dure envers lui, quasi impitoyable, alors qu'il n'a cherché qu'à me protéger. Cette pensée me hante et me tourmente.

2

Un éclair silencieux brise l'obscurité de la nuit. Le sol se met à trembler sous mes pieds : la montagne de sable mouvant s'éveille, formant des vagues suivant un courant invisible sur le flanc de la montagne. Des orifices apparaissent à cinq endroits différents : de là où je me trouve, je distingue un sombre tunnel qui refuse de me livrer ses secrets.

Une à une, les ouvertures s'agrandissent jusqu'à ce que j'aperçoive des têtes, des bras, des mains. Viennent ensuite des corps tout entiers. Avec une force inouïe, ceux-ci sont littéralement expulsés de la montagne de sable mouvant. Heureusement, le sable épais de la crique amortit leur chute.

Parmi les arrivants, je repère Elina et Elarig, les parents de Jaoven. Mon cœur fait un bond dans ma poitrine :

je n'imaginais pas que je me sentirais si heureuse de les retrouver. Jaoven git, non loin d'eux. Dans un élan spontané, je me précipite vers mon meilleur ami, qui manque de peu de tomber à la renverse. Je l'aide à regagner son équilibre, avant de le serrer dans mes bras. Jaoven paraît surpris de ma réaction.

Il semble secoué, mais détendu. Je lui murmure à l'oreille :

— Ne refais plus jamais ça !

— D'acc… D'accord, c'est promis, me répond-il d'une voix pleine de douceur.

Après cela, je le libère de mon étreinte. C'est alors que mon regard tombe sur Alan. Au début, le choc me paralyse. Alan, dont j'étais persuadée qu'il avait été exécuté par les Ravisseurs, se tient debout, à seulement quelques mètres de moi. Un faible sourire éclaire son visage, marqué par la fatigue. Des cernes violacés soulignent un regard vitreux. La pâleur de sa peau complète cet aspect fantomatique. Alan paraît considérablement amaigri. Mon ami est à bout de force.

Au moment où je m'approche de lui, il s'effondre dans mes bras. Jaoven, Loïc et Tristane accourent afin de m'aider à le relever.

— Je lui ai administré une faible dose de mirnulyta, les informe Jaoven. Mais le recours à la magie a épuisé son organisme…

— Il a besoin de soins, confirme Tristane. Loïc et moi nous en chargeons.

— S'il était arrivé une heure plus tard, ajoute son compagnon d'une voix froide, sans se soucier du fait qu'Alan puisse l'entendre, son sort était scellé. A présent, sa guérison a peut-être une chance d'aboutir.

Tandis que Loïc et Tristane, aidés de Caroline et de celui que tous nomment l'Ancien du Conseil, emmènent Alan vers le village pour lui prodiguer les soins nécessaires, Oana et Audren conversent avec agitation avec les parents de Jaoven. J'esquisse un pas dans leur direction afin d'écouter, quand Jaoven me saisit le bras. Je m'immobilise.

Mon interrogation doit se lire sur mon visage, car mon meilleur ami s'empresse de me répondre :
— Nous ne sommes pas revenus seuls… Sezig s'est joint à nous.

D'un geste de la main, Jaoven me désigne une silhouette adossée contre la roche. Ses pieds et mains ont été ligotés. De surcroît, il porte un bâillon. Je soupçonne fortement Oana et Audren de l'avoir assommé, car, bien que sa poitrine se relève à intervalles réguliers, sa tête penche négligemment sur le côté droit. Je comprends d'un coup l'objet de la vive discussion entre les Âmes Perdues et les parents de Jaoven.

— Pourquoi l'avoir amené ? m'étonné-je. Je doute que le père de… de Clerig se révèle un allié sincère et loyal, dis-je, la gorge serrée.

La perte de Clerig est trop récente pour que je sois capable de prononcer son nom en toute sérénité. Chaque fois que je fais allusion à mon amie, j'ai peine à retenir les larmes de deuil et de colère qui m'étreignent la gorge avec une puissance sans pareil.

— Sezig nous a surpris, murmure Jaoven, de peur d'être entendu par Oana et Audren. Dans la tour du passage, clarifie-t-il. Nous n'avons eu d'autre choix que de lui révéler la vérité… A savoir que sa fille a été assassinée par ceux qu'il sert depuis si longtemps.

— Et Sezig a été convaincu ?

— Non, repartit aussitôt Jaoven. Cependant, le doute s'est immiscé dans son esprit. C'est pour cette raison qu'il a prononcé les mots interdits, plutôt que de nous trahir.

A moitié rassurée par ces explications, je me détache de Jaoven et rejoins le cercle qui s'est formé. Oana écoute avec attention le récit d'Elina. Pour une fois, Elarig reste muet. Quant à Audren, son attitude me semble des plus étranges : il fixe avec intensité le père de Jaoven. C'est à peine s'il cligne des yeux. Le plus curieux est que je ne décèle ni hargne, ni bienveillance dans ses magnifiques yeux bleu vert, d'ordinaire si expressifs. C'est comme si Audren examinait froidement une nouvelle créature qu'il viendrait de découvrir.

— … pu emprunter la tour du passage, termine Elina. Vous connaissez la suite.

— Pourquoi avoir quitté les Ravisseurs ? demande Oana, d'une voix plutôt sèche. N'est-ce pas toi, Elarig, qui considérais que les Enchanteurs n'avaient aucun droit sur la magie ? Que celle-ci ne leur appartenait guère et qu'en conséquence, il était légitime de s'en emparer, si nécessaire par la force ?

Le chef des Âmes Perdues toise Elarig. En dépit de sa petite taille, la figure d'Oana est impressionnante. De son être entier se dégage une puissante aura qui pousse quiconque l'approche à se soumettre à son autorité. Cette fois, c'est Elarig qui répond :

— Oana, j'ai commis une erreur, lâche-t-il d'une voix calme. Et j'en ai payé le prix pendant de longues, de très longues années. Depuis que j'ai découvert les véritables intentions de Breval, je n'ai eu de cesse de vouloir réparer ma faute. J'ai élevé mon fils unique dans l'idée que les Ravisseurs étaient nos pires ennemis et qu'il fallait apporter notre aide aux Âmes Perdues. Aujourd'hui, soupire-t-il prenant un air fatigué, je ne demande pas à ce que tu me pardonnes. Simplement, j…

N'y tenant plus, je coupe Elarig et m'exclame, sur un ton où se mêlent indignation et colère :

— Cette nuit, Jaoven a risqué sa vie ! Et tout cela, dans le but de prouver sa loyauté aux Âmes Perdues… Il serait peut-être temps de manifester un peu de clémence, conclus-je en jetant un regard noir à Audren qui ne s'en détourne nullement.

Comme à chaque fois que je plonge mes yeux dans les siens, le trouble me submerge. La colère cède peu à peu la place à l'attachement profond et irraisonné que j'éprouve pour lui. Audren s'en aperçoit, car il retient à peine un sourire en coin. Puis, il reporte son attention vers Elarig :

— Alara a raison. Jaoven a accompli sa mission, avec brio. Elina et Elarig méritent qu'on les intègre à notre clan.

— Très bien, Audren, lance Oana en s'éclaircissant la gorge. Si tu en juges ainsi... Toutefois, j'ai besoin de savoir quelque chose avant de pardonner sa trahison à Elarig.

— Je n'ai rien à cacher, s'empresse de déclarer Elarig, souhaitant faire preuve de bonne volonté.

— Que penses-tu de la magie ? A tes yeux, méritons-nous, les Âmes Perdues, de la récupérer ?

La question d'Oana est sans équivoque. La réponse attendue par Elarig est claire : la magie revient de droit aux Âmes Perdues. En dépit des regrets qu'il éprouve, je ne peux m'empêcher de douter un bref instant : et si l'opinion d'Elarig à ce sujet n'avait guère évolué ? Si, au fond de lui, il persistait à croire que les pierres de pouvoir doivent être équitablement distribuées dans ce monde ?

Tout comme la question, la réponse ne comporte aucune ambiguïté.

— La magie revient de droit au peuple des Enchanteurs... Lorsque j'étais plus jeune, je m'imaginais que nous étions capables de nous approprier la magie. Cependant, je constate, des années après, que la sagesse des Enchanteurs n'a pas d'équivalent. Votre clan a su partager sa magie, tout en la conservant. Vous n'avez jamais cherché à en faire une arme. Je crois en la bienveillance des Âmes Perdues.

— C'est pour cette raison que la magie vous appartient, déclare Elina, appuyant son époux. Il est primordial que les pierres de pouvoir retrouvent leur propriétaire au plus vite.

A mon plus grand étonnement, Oana pose une main amicale sur l'épaule d'Elina et, l'autre, sur celle d'Elarig.

— Bienvenue parmi le clan des Âmes Perdues, déclare-t-elle sur un ton solennel.

Subitement, la tension, qui s'était accumulée depuis plusieurs minutes, se dissipe. Audren suggère d'enfermer Sezig jusqu'à ce qu'il reprenne connaissance. Elarig et Elina proposent alors de le surveiller, car, bien qu'il ne soutienne pas les Enchanteurs, Sezig a subi un important traumatisme. Qu'Oana ait été sensible ou non à cet argument, je n'en ai aucune idée. Son expression impassible est indéchiffrable. Cependant, elle propose de placer les parents de Jaoven et Sezig dans la même habitation, de sorte qu'il sera possible de l'interroger à son réveil. Audren approuve et salue sa mère, tandis qu'elle se dirige, suivie d'Elina et d'Elarig, portant à eux deux le père de Clerig, vers le village.

Je m'avance à mon tour en direction de l'escalier, afin de sortir de la crique. Ce faisant, je frôle Audren. Ce dernier se place devant moi, me bloquant le passage.

— Alara, il faut qu'on parle… C'est important, me dit-il d'une voix douce, où se devine une forme de supplication.

Ses paroles m'interpellent, car il n'est point dans les habitudes d'Audren de quémander. En mon for intérieur, j'arbitre entre la curiosité que déclenchent ses propos et ma colère à l'encontre d'Audren pour m'avoir caché la stratégie du Conseil. La rancune étant la plus forte, je réplique d'un ton cinglant, tout en m'écartant d'un pas sur le côté :

— Cela attendra… Je dois d'abord m'entretenir avec Jaoven.

Je fais signe à mon meilleur ami de me suivre. Ce dernier me rattrape et s'engouffre derrière moi dans l'escalier. Dans mon dos, je sens le regard lourd d'Audren peser sur mes épaules. De toute ma puissance volitive, je lutte pour ne pas me retourner. A vrai dire, en blessant Audren, j'ai l'impression de m'infliger une meurtrissure plus grave. C'est la première fois que nous sommes fâchés, et j'ai beaucoup de mal à le supporter.

A cet instant, je suis presque tentée de faire demi-tour pour me jeter dans ses bras. Mais Jaoven, qui a deviné mon trouble, se rapproche et me prend par la main.

Sans un mot, il m'entraîne en courant dans la nuit… loin de mes tourments… loin de celui que j'aime.

3

Nous avons investi l'habitation qui m'a été assignée. En vérité, j'y passe très peu de temps. Je suis contente de retrouver les étagères et de constater que celles-ci sont pratiquement pleines. Ma maîtrise de la magie croît à une vitesse exponentielle ces derniers temps… Non pas que je m'en plaigne, mais je pense qu'Audren n'est pas étranger à ce phénomène.

Avec satisfaction, je remarque qu'un plateau de victuailles a été déposé sur le bureau. Je l'apporte sur la table basse, tandis que Jaoven s'affaire à préparer du thé. J'en profite pour intensifier la luminosité de l'unique lanterne de l'habitation, avant de m'avachir dans un des deux fauteuils en osier.

Machinalement, j'attrape une tranche de pain que je commence à grignoter sans beaucoup d'appétit. Jaoven ne tarde pas à remplir deux tasses d'un thé rouge fumant. Il m'en tend une, puis, il s'assoit à son tour dans le deuxième fauteuil, face à moi.

— Cesse de te torturer, Alara, me lance-t-il, cherchant à me réconforter. Audren s'en remettra. Je suis sûr qu'il ne t'en veut pas, d'ailleurs.

En guise de réponse, je marmonne quelques mots incompréhensibles et incohérents. Je n'ai pas envie de m'étendre sur ce sujet, particulièrement avec Jaoven.

— Oublie un instant tes soucis, enchaîne mon meilleur ami, et écoute plutôt ce que j'ai à t'apprendre…

Jaoven me narre alors son expédition nocturne. Il me raconte la façon dont Klaoda l'a secouru lorsque sa mère n'avait d'autre dessein que de l'empoisonner. Au début, j'admets que je me montre sceptique. Au fur et à mesure de son récit, je me laisse convaincre. Il est vrai que je n'ai jamais apprécié la fille de Breval.

Dans mon souvenir, Klaoda représentait l'archétype de la beauté brune manipulatrice et sans pitié. Mais cela date de quelques années déjà, car j'ai arrêté de la côtoyer (contre l'avis de mes parents), quand j'ai eu quinze ans. D'après Jaoven, Klaoda a souffert de l'attitude de son père, qui ne tolère guère qu'on lui tienne tête. Elle a peut-être changé. Et puis, tout le monde a le droit à une deuxième chance. Cet argument achève de me convaincre.

Je suis impressionnée par l'ingéniosité dont a fait

preuve mon meilleur ami afin de s'évader de la presqu'île. Alors qu'il a terminé son récit depuis cinq bonnes minutes, un silence s'est installé entre nous. Jaoven tripote nerveusement sa tasse, tout en décortiquant une tranche de pain. Mon meilleur ami est visiblement préoccupé.

— Que t'arrive-t-il ? m'enquiers-je, incapable de souffrir ce spectacle plus longtemps.

— Tu te souviens que je t'ai promis de ne plus te mentir, ni te cacher quoi que ce soit, même si c'est pour ton bien ?

Aussitôt, j'acquiesce. Cette phrase provoque un léger malaise. Que ce serait-il donc passé cette nuit pour que mon meilleur ami soit réticent à me parler ? La réponse vient presque immédiatement.

— Il y a une partie de l'expédition que j'ai omise de te livrer, me confesse-t-il en posant la tranche de pain éclopée sur le plateau. Au moment où Adenora a lancé le sortilège de l'usurpation, commence-t-il d'une voix hésitante, j'étais à côté d'elle, et…

— … et tu as servi de relais pour le sortilège ? déduis-je. Je suppute que la grande prêtresse a lu dans tes pensées également.

— Tu ne crois pas si bien dire, rebondit Jaoven. Adenora a découvert mon plan et le but véritable de ma mission. Pourtant, elle ne m'a pas trahi… En tout cas, elle n'a rien révélé à Breval et aux Aînés.

— Ma mère aurait changé de camp ? m'étonné-je en fronçant les sourcils. Cela me paraît peu probable. Cependant, je te crois, Jaoven. Et je connais ma mère. Si elle a agi ainsi, c'est qu'elle y avait un intérêt.

Pendant un moment, Jaoven semble méditer cette phrase. A intervalles réguliers, il se passe la main dans les cheveux. Quant à moi, je désire en savoir plus, car, je devine que Jaoven ne m'a pas encore tout raconté de sa mission. Je m'apprête à le questionner, quand il se décide à me révéler l'échange télépathique qu'il a eu avec la grande prêtresse. Je suis aussi déconcertée que lui lorsqu'il m'explique avoir trouvé les pages secrètes du livre des rêves et prémonitions. Elarig ayant gardé la sacoche, Jaoven me récite de mémoire les écrits d'Adenora.

— Apparemment, la malédiction n'est censée perdurer que pendant cent treize ans… Passé ce délai, soit le sort d'Alexandre sera brisé et Ravisseurs, comme Âmes Perdues, redeviendront humains ; soit, le jeteur de malédiction se choisira une héritière, permettant ainsi de proroger le sortilège jusqu'à ce que l'un ou l'autre clan l'emporte.

— Une héritière ? m'écrié-je, perplexe. Mais on ne sait même pas si Alexandre est encore en vie ? Et puis, qu'est-ce que cela signifie ?

— Je n'en ai aucune idée, répond Jaoven en haussant les épaules. Pourtant, je me demande si…

Soudain, mon meilleur ami se lève et se met à arpenter la pièce de long en large. Je l'entends murmurer des mots sans suite qui me semblent complètement incohérents. Pour Jaoven, tout cela fait sens.

Au bout d'un moment, il se stoppe net dans son

élan. Mon meilleur ami relève la tête et me dévisage comme s'il me rencontrait pour la première fois. Une forme de mélancolie se devine dans ses prunelles grises. Une émotion déchirante semble le submerger. L'inquiétude se glisse subrepticement dans mon esprit, jusqu'à ce que Jaoven lâche enfin :

— Alara, aimes-tu réellement Audren ?

Sa question me déstabilise. Toutefois, la réponse est évidente.

— Oui, bien sûr que je l'aime. Jaoven vas-tu m… ?

Mon meilleur ami s'approche de moi et me saisit par les épaules. Au fond de ses yeux, s'épanouit une indéniable tristesse qui me bouleverse tant elle est palpable. De plus, l'emportement brusque de Jaoven me perturbe.

— Alors, ne sois pas trop dure envers lui, me déclare-t-il sur un ton si sérieux et si peu habituel.

— Pourquoi me dis-tu ça ?

— Parce qu… Parce qu'Audren t'aime sincèrement. Et quand on a la chance d'être autant aimée, Alara, on devrait profiter de chaque seconde qui passe, savourer chaque moment en la compagnie de celui…

Cette fois, je n'y tiens plus. Gentiment, je repousse Jaoven et je me place debout. Nous sommes à présent nez-à-nez. Dans un geste quasi maternel, je place ma main sur son front.

— Que fais-tu ?

— Je cherche à savoir si tu as de la fièvre, dis-je avec le plus grand calme. Jaoven, tu n'es pas dans ton état normal… Je pensais que tu n'appréciais guère Audren.

— Mon opinion a évolué. Parfois, les circonstances te poussent à revoir ta position, me confie-t-il, plus énigmatique que jamais.

— Il y a quelque chose qui m'échappe.

— C'est évident ! me répond-il, semblant presque taquin.

La lueur de mélancolie de son regard entretient mon inquiétude. Que s'est-il passé pour que Jaoven change aussi brusquement d'avis ? Qu'a-t-il compris que mon esprit ne parvient pas à saisir ? L'inquiétude cède peu à peu la place à la contrariété.

— Que me caches-tu, Jaoven ? l'interrogé-je sur un ton impatient. Parle-moi, je t'en prie !

— Désolé, me dit-il en se détournant. Mais certains secrets ne m'appartiennent pas. En conséquence, je ne peux les briser.

Puis, Jaoven se dirige vers la porte. Une fois sur le seuil, sans se retourner, il me répète :

— N'oublie pas mon conseil, Alara. N'oublie pas que tu es tout pour lui.

A ces mots, mon meilleur ami quitte l'habitation, me plantant-là avec une multitude de questions à l'esprit. Cependant, de son attitude émane une forme d'urgence qui me gagne. Et si Audren était en danger ? Si nous n'avions plus que quelques heures à partager ? Cette pensée m'est intolérable. Sans même en avoir conscience, je sors de l'habitation.

Une fois dans le village, je pars en courant en direction de la crique, là où se dresse la tente du Conseil des Âmes Perdues. Audren a l'habitude de s'y promener, surtout s'il est préoccupé.

A présent, ma colère s'est évaporée. Une seule pensée m'obsède : retrouver Audren pour ne plus jamais me séparer de lui.

4

La silhouette grande et imposante d'Audren se détache sur l'horizon. Le soleil est en train de se lever. Ses longs cheveux blonds, ramenés en un élégant catogan, reflètent les couleurs veloutées de l'aurore. Audren se tient de dos.

Pendant un instant, je reste immobile. A son insu, je le contemple : il m'apparaît alors dans toute sa beauté.

Comme s'il avait perçu ma présence, Audren se retourne. Mon regard est aussitôt attiré par cette curieuse cicatrice qui orne son épaule gauche. Elle représente une pierre octogonale, semblable en tout point à une pierre de pouvoir. Ce détail m'a toujours intriguée, sans que j'ose pourtant demander l'origine de cette cicatrice à Audren.

Ses yeux bleu vert m'examinent. Le fils d'Oana

semble hésitant, comme s'il avait peur de me faire fuir. Je ne sais combien de temps nous demeurons à nous observer en silence. Enfin, Audren me lance d'une voix légèrement enrouée :

— Alara, si tu es venue rompre…

Je ne peux en entendre davantage. Dans un mouvement spontané, je fonce vers Audren. Je ne m'arrête pas pour freiner. Ainsi, lorsqu'il écarte les bras pour me réceptionner, il tombe à la renverse m'entraînant avec lui dans sa chute.

— Je ne veux pas te quitter, Audren, jamais, dis-je d'une voix à peine audible. Je ne peux imaginer de continuer à vivre dans un monde où tu n'es plus.

Ma voix se brise à cet instant. En mon for intérieur, je songe au conseil que m'a donné Jaoven, de profiter pleinement des moments passés avec Audren. En prononçant ces mots, je suis traversée par une brusque angoisse, celle de perdre l'être que j'aime le plus au monde.

— Moi non plus, me rassure-t-il en passant sa main dans mes cheveux. Je n'ai pas envie que tu t'en ailles… Et puis, il nous reste tellement à faire.

Ensuite, Audren se redresse. Je me retrouve assise à son côté dans le sable. L'aurore arrive à son terme, cédant la place à la lumière diurne. J'enfouis ma tête dans l'épaule d'Audren. Ce dernier entoure alors ma taille de son bras. Dans ce moment, je me sens transportée vers un ailleurs.

Hors du temps, j'ai l'impression que si je reste éternellement blotti contre lui, plus rien ne pourra m'atteindre.

— Je suis désolé, s'excuse Audren, de t'avoir caché notre stratégie…

— Jaoven m'a ouvert les yeux, réponds-je d'une voix tranquille. Je sais à présent qu'il était difficile pour toi et les membres du Conseil de me mettre dans la confidence.

— C'est vrai, admet-il en glissant subrepticement sa main sous mon menton. Mais maintenant, la situation a changé. Es-tu prête à te battre à nos côtés ? me demande-t-il en relevant ma tête avec douceur de sorte que son regard me fixe avec une intensité nouvelle.

— Plus que jamais, Audren ! dis-je avec assurance. Je veux œuvrer à réparer les erreurs de mon clan d'origine.

— Tu ne leur appartiens plus, me souffle-t-il. Désormais, tu fais partie des Âmes Perdues, Alara.

Audren se penche alors vers moi. Il m'embrasse, d'abord avec tendresse, puis, son étreinte devient plus passionnée. Je le lui rends bien.

A cet instant précis, je comprends que lui et moi ne formons plus qu'un.

5

— Dès ce soir, nous nous tiendrons prêts, déclare Oana d'une voix empreinte de solennité. Dès ce soir, les Âmes Perdues livreront bataille à leurs sempiternels ennemis.

Le Conseil s'est rassemblé dans la tente, au bord de la plage. La nuit s'apprête à envahir le village de ses ombres informes. Mais bientôt, nous aurons d'autres ténèbres, bien plus dangereuses à affronter : l'armée des Ravisseurs.

Elina, Elarig, Jaoven et moi-même avons été conviés. Sans la bravoure de mon meilleur ami, la stratégie des Âmes Perdues n'aurait pu voir le jour. En révélant à Breval de fausses informations, à savoir que les anciens Enchanteurs étaient sur le point d'attaquer la presqu'île, il est évident que les Ravisseurs souhaiteront contre-attaquer. Jaoven a affirmé que les Âmes Perdues seraient prêtes dans trois jours.

On peut donc légitimement s'attendre à ce que Breval et ses troupes préparent une offensive avant ce délai, peut-être même dès cette nuit. C'est pourquoi Oana, aidée par les membres du Conseil, a élaboré un piège des plus machiavéliques et des plus séduisants. L'idée paraît simple, mais si cela fonctionne, nous avons toutes les chances de nous assurer la victoire.

Pour la dernière fois, il revient à Loïc de récapituler le plan :

— Avec la magie qu'il nous reste, Tristane et moi envoûterons la forêt qui borde notre village, de sorte que lorsque les Ravisseurs franchiront la tour du passage, ils se retrouveront pris au piège dans le bois.

— Je pensais que seule une Âme Perdue était capable de se repérer dans cette forêt ? s'étonne Elina. Jaoven m'a raconté que s'il n'avait pas croisé fortuitement Audren, Alara et lui auraient péri dans cette forêt.

— Oui, intervient le plus âgé des membres du Conseil, et non, conclut-il, énigmatique.

Devant l'air perplexe d'Elina, il poursuit :

— Avant la malédiction, il nous est arrivé de, dit-il d'une voix hésitante, bannir certains Enchanteurs, termine-t-il après qu'Oana l'a encouragé à continuer. Parmi eux, se trouve mon aïeul, il se nomme Edern. Ma mère m'a transmis le même prénom pour que je me rappelle la trahison de mon ancêtre.

A cet instant, Jaoven pousse une exclamation de

surprise.

— S'agit-il du même Edern qui siège au Conseil du clan des Ravisseurs ? s'enquiert-il précipitamment.

— Je le crains fort, répond Oana. Heureusement pour nous, Edern n'a rien de commun avec cet ancien Enchanteur devenu un Ravisseur, dit-elle sur un ton méprisant.

— Merci, Oana, déclare humblement Edern en inclinant la tête. Toutefois, le problème est que mon aïeul connaît notre magie.

— Il lui sera donc possible de briser l'envoûtement ? questionne Elina, l'air soucieux.

Pour toute réponse, Edern hoche la tête.

— C'est pour cette raison que Tristane et moi avons pour charge de les leurrer, indique Loïc.

— Nous modifierons le sortilège d'orientation toutes les vingt minutes, complète Tristane. Ainsi, même pour Edern, il sera impossible de rejoindre le village.

Tristane semble excitée à l'idée de piéger les Ravisseurs. Son enthousiasme est flagrant. Son optimisme redonne courage aux autres membres du Conseil.

— Mon épouse et moi-même pouvons vous aider, propose Elarig. Elina possède une bonne maîtrise de la magie. Quant à moi, dit-il en ouvrant sa chemise, de façon à ce qu'un collier orné par une pierre vert émeraude de forme octogonale soit visible autour de son cou, Sezig a déclaré qu'il ne désirait pas prendre part à cette bataille. Toutefois, il a renoncé à ses pouvoirs et m'a remis son collier. Je suis donc en mesure de pratiquer la magie, termine-t-il, non sans une certaine fierté.

Après des décennies où Elarig a été traité tel un renégat, il est dorénavant en mesure de prendre sa revanche sur les Ravisseurs. Son envie de vengeance est palpable. Oana le perçoit aussitôt. C'est ainsi qu'elle annonce à Elarig :

— Tu désires te venger, soit. Puisses-tu le faire en joignant tes forces aux nôtres !

— Je te remercie, Oana, répond Elarig, quelque peu ému. Mon épouse et moi te servirons du mieux que nous le pourrons.

— Et nous n'en doutons pas, intervient Caroline. Pendant que vous occuperez les Ravisseurs, j'emmènerai les membres de notre village dans un refuge au pied de la montagne. Abriel se chargera de mettre à l'abri nos balanzaï.

— Je t'en suis gré, rétorque Oana. A présent, je désirerais m'entretenir avec Jaoven, Alara, Audren et… Edern, ajoute-t-elle, à la surprise de ce dernier.

Après un court moment, nous nous retrouvons tous les cinq avec le chef des Âmes Perdues.

— Maintenant, déclare Oana, il nous faut préparer la partie la plus périlleuse de notre plan. Nos chances de victoire reposent sur vous cinq.

La mère d'Audren répète alors, étape par étape, la mission qui nous est dévolue. Pendant que l'armée des Ravisseurs tombera dans le piège tendu par Loïc et Tristane auxquels Elina et Elarig se sont joints, nous nous rendrons à la presqu'île grâce au passage au sommet de la montagne de sable mouvant.

Edern et Oana s'occuperont de le surveiller. En compagnie de Jaoven et d'Audren, je partirai à la recherche des chaudrons contenant les pierres de pouvoir. Oana nous a révélés que les Ravisseurs en avaient pris dix. Une fois les chaudrons récupérés, nous les transporterons à travers le passage.

Afin de briser la malédiction, il nous faudra également capturer Breval et obtenir sa reddition. Celle-ci doit être accordée de sa propre volonté, sans aucune contrainte, pour rompre l'envoûtement d'Alexandre. C'est là où se niche la véritable difficulté de notre mission, car il est évident que Breval ne se soumettra pas.

Oana est convaincue que Jaoven et moi saurons trouver les arguments qui le feront céder.

Mais, rien n'est plus incertain…

6

— Prête ? me demande Audren.
— S'il le faut, réponds-je d'une voix faible, en resserrant mon étreinte autour de la taille d'Audren.

Nous montons tous deux Nyhra, la balanzaï avec laquelle je me suis entraînée. Celle-ci émet un hennissement d'impatience. A son côté, Jaoven, perché sur Diego, semble nerveux. Son balanzaï tape du sabot sur le sable. Une indéniable connexion s'est établie entre le destrier et mon meilleur ami. Leurs émotions se transmettent de l'un à l'autre, comme s'il s'agissait d'un seul être vivant. Et dire que Jaoven appréhendait de chevaucher les balanzaïs ! Il est bien plus à l'aise que moi. En réalité, je décèle une partie de l'aisance d'Abriel avec ces créatures chez mon meilleur ami.

La tension est palpable. La nuit a étendu son ombre

sur le village depuis plus de trois heures. Pour l'instant, aucun signal n'a été envoyé. L'armée des Ravisseurs ne s'est pas encore manifestée. Nous ne pouvons risquer de nous rendre sur la presqu'île dès maintenant. Il nous faut attendre leur arrivée. Avec un peu de chance, l'assaut sera donné d'ici peu.

Je dois admettre que je me sens partagée. D'un côté, je n'ai qu'une envie : que cette bataille se finisse au plus vite et que tout rentre dans l'ordre ; d'un autre, je suis habitée par un mauvais pressentiment, celui que le prix de la victoire des Âmes Perdues pourrait être bien cher à payer.

Boummm. Brrrmm.

Une explosion retentit au loin, ne laissant aucune place au doute. Les Ravisseurs viennent de pénétrer dans la forêt enchantée. Mes mains se crispent sur la taille d'Audren, tandis que Nyhra s'ébroue. Mais son agitation est rapidement contenue par son cavalier.

— Qu'attendons-nous ? lance Jaoven d'une voix tendue. Nous devrions partir…

Audren demeure silencieux. Il tourne alors son regard vers l'escalier ; je l'imite aussitôt. La silhouette d'Oana apparaît. Le chef des Âmes Perdues s'élance à toute vitesse afin de rejoindre la crique. Alors qu'elle est au pied de l'escalier, elle nous crie :

— Ils sont arrivés ! Partez !

En entendant Oana, je prends conscience que notre

destin est désormais scellé. Je ne peux plus reculer ; d'ailleurs, je n'en ai nulle envie.

— A tes ordres ! réplique Audren, d'un ton plus léger que la situation ne l'exige.

Contrairement à nous tous, le fils d'Oana se montre calme et serein. Une telle maîtrise de ses émotions me laisse stupéfaite, en même temps qu'admirative. Audren n'est pas un Enchanteur ordinaire. Puis, il talonne les côtes de Nyrha. Le balanzaï recule de quelques pas pour prendre de l'élan. Jaoven nous rejoint.

Une seconde de silence total s'abat avant que les balanzaïs ne nous entraînent dans une folle cavalcade sur le flanc de la montagne de sable mouvant. Je suis impressionnée par la puissance de ces créatures qui, en à peine cinq minutes, réussissent à nous hisser au sommet de la montagne.

Baignée par la clarté de la lune, je prononce alors, la gorge serrée, le mot interdit : « Ravisseurs ».

Ensuite, tout n'est que ténèbres.

7

L'atterrissage est rude. Mon corps heurte lourdement le parquet de la tour du passage. Jaoven tombe à côté de moi, tandis qu'Audren se retrouve debout. Avec un sourire, il me tend la main afin de m'aider à me relever. C'est alors que je découvre l'intérieur de la tour. Celui-ci se modifie en fonction de la personne qui y entre.

Comme j'ai été transportée la première, la tour s'est adaptée à ma personnalité. Un tapis circulaire brodé de fils d'or et d'argent est disposé au centre de la pièce, sur lequel se reflète la lumière émise par un magnifique lustre en cristal. Sur les murs, une étagère circulaire forme une courbe et s'envole jusqu'au plafond. Une deuxième étagère la croise et la coupe en son milieu. Une élégante arabesque est ainsi tracée sur les murs de la tour.

Entre les étagères, des épées sont accrochées au mur.

A ma droite, touchant pratiquement le sommet, je distingue un blason gravé sur un bouclier en métal : le dessin est sans équivoque. Il représente une pierre vert émeraude de forme octogonale, identique à la cicatrice qui orne l'épaule gauche d'Audren.

Sous le blason, je déchiffre une phrase : « Tant que la magie vivra, la lignée resplendira. »

Je n'ai pas le temps de m'interroger davantage. Déjà, Audren nous presse de quitter la tour du passage. Jaoven s'exécute aussitôt. Résignée, je le suis, mais avant, je décroche une courte épée du mur, que je glisse à ma ceinture. Mon meilleur ami me jette un regard interrogateur. Je me contente de hausser les épaules : mieux vaut être armée, car nous nous trouvons en territoire ennemi.

A l'extérieur de la tour, le village des Ravisseurs est plongé dans un profond silence, au point que même le bruit de ma respiration me paraît assourdissant.

A ma grande surprise, c'est Jaoven qui prend la direction des opérations. Mon meilleur ami nous entraîne à l'écart du sentier principal. Nous longeons le bois pendant près d'une demi-heure, avant d'arriver en vue des premières demeures du village. Soudain, je m'arrête. Audren me bouscule. Mon pied rencontre une roche et je manque de peu de tomber à terre. Dans un réflexe, Audren me retient. Le bruit attire l'attention de Jaoven qui revient sur ses pas.

— Que se passe-t-il ? m'interroge Audren à voix basse.

Tous deux me scrutent comme si j'étais une bête curieuse. Audren est obligé de plisser les sourcils pour me regarder, tant il fait sombre. Cela lui donne un air grave qui le vieillit beaucoup. Une pensée aussi futile que fugace me traverse alors l'esprit : quel âge a donc le fils d'Oana ? J'ai toujours pensé qu'il ne devait pas avoir plus de vingt ou vingt-deux ans. A présent, je m'interroge, car il paraît davantage avoir une trentaine d'années. Je secoue la tête pour chasser cette idée. Je dois me concentrer sur notre mission.

— Jaoven, dis-je, en me tournant vers mon meilleur ami, je sais où tu nous emmènes. Tu crois que les pierres de pouvoir sont cachées dans la demeure de Breval, n'est-ce pas ?

Je l'entends pousser un soupir agacé, avant d'acquiescer.

— Alara, à quoi bon ? s'énerve Audren à son tour.

D'une voix ferme, je l'interromps, déterminée à exposer mes réflexions :

— Et si je ne m'abuse, tu comptes sur l'aide de Klaoda ? En espérant qu'elle n'ait pas été forcée de quitter la presqu'île pour se joindre à l'armée de Breval.

L'air interdit de Jaoven me confirme ce que je pensais.

— Tu ne m'avais pas parlé de Klaoda, lâche Audren, semblant mécontent tout à coup. Cette mission est vitale pour les Âmes Perdues… Impliquer une personne dont nous ignorons si elle est fiable est complètement inconscient !

— Calme-toi, Audren, répond Jaoven en tentant de conserver sa tranquillité. Je ne prendrais pas ce risque si je doutais un tant soit peu de…

— Stop ! m'écrié-je, de façon à ce que ma voix ne porte pas à plus d'un mètre. Jaoven a raison, dis-je à contrecœur. La demeure de Breval est immense. Sans l'aide de Klaoda, il nous faudra probablement plusieurs jours pour la fouiller. Et rien ne garantit que nous parvenions à retrouver les pierres de pouvoir.

Audren affiche une mine contrariée, mais ne répond rien. Quant à Jaoven, il ne peut s'empêcher d'afficher un sourire de triomphe.

— Tu aurais dû nous en parler, Jaoven, enchaîné-je sur le ton le plus sévère qu'il m'est possible d'adopter. Tu m'avais promis qu'il n'y aurait plus de secret, hein ?

L'expression de mon meilleur ami s'assombrit. Je ne suis pourtant pas fâchée contre lui. A vrai dire, je me sens plutôt vexée qu'il n'ait pas évoqué son plan avec moi. Peu importe ! L'heure n'est guère aux arguties.

— Dans ce cas, nous ne pouvons débarquer ainsi tous les trois, affirmé-je. Autrement, Klaoda se méfiera. Il vaut mieux qu'elle te voit seul. Ensuite, seulement, Audren et moi te rejoindrons.

— Que veux-tu d… ? commence Jaoven, visiblement déconcerté.

Ignorant mon meilleur ami, j'échange alors un regard complice avec Audren. Ce dernier comprend immédiatement ce que j'ai en tête. Tandis que je rassemble mon énergie pour jeter le sortilège de transformation, j'observe Audren se changer en une majestueuse panthère noire, juste avant que la lune ne soit masquée par un nuage.

Désormais, il fait si sombre que seuls ses yeux, ayant conservé leur couleur d'origine, brillent dans le noir, son corps étant dissimulé par les ombres nocturnes.

Enfin, je déploie mes longues ailes marron. J'ai opté pour la mutation en faucon. Survoler le village me permettra de détecter éventuellement la présence de quelques Ravisseurs. Perchée sur un rocher, je toise Jaoven avec fierté. Mon meilleur ami est bouche bée devant mon aisance à recourir à la métamorphose. Je lui adresse un clin d'œil, puis, je bats des ailes et m'envole vers le ciel.

8

Vue d'en haut, la presqu'île semble accueillante. Les demeures bâties çà et là se fondent dans la nature. J'aperçois au loin la plage sur laquelle j'aimais tant me promener. Grâce à l'ouïe fine du faucon, je peux entendre le ressac lent et régulier des vagues caressant la plage.

Un instant, cette douce musique me berce et apaise mon anxiété. Je bats des ailes, afin de m'élever de quelques mètres. A présent, les nuages frôlent mon dos. Je frissonne à la fraîcheur de leur contact, avant de redescendre vers le village. Ce dernier me paraît endormi ; je ne décèle aucune trace de mouvement. C'est comme si les Ravisseurs avaient abandonné la presqu'île.

Pourtant, je doute que Breval ait commis cette erreur. J'erre un temps, haut dans le ciel, afin de m'assurer qu'aucun guerrier ne se dissimule parmi les arbres ou les rochers. Enfin, je repère la demeure de Breval et je fonce dans sa direction.

Au fur et à mesure que je me rapproche, je discerne la silhouette de Jaoven, suivie de près par une ombre dense que je sais être Audren. Je plonge en piqué. A la dernière minute, j'ouvre mes ailes afin de freiner. J'atterris posément sur le sol. Jaoven m'adresse un signe discret de la main. Mon meilleur ami s'avance ensuite vers la porte principale de la demeure de Breval. Il s'apprête à frapper, lorsque celle-ci s'ouvre brutalement. Jaoven la retient afin qu'elle ne se cogne pas contre le mur.

Dans l'encadrement, se tient Klaoda. Je suis médusée par le changement dans son apparence. La fille de Breval a conservé sa beauté. Toutefois, ses traits faciaux semblent s'être adoucis. Dans ses yeux sombres, se lit une mélancolie poignante et sincère.

— Jaoven ! murmure-t-elle, avec une joie évidente. Entre vite avant qu'on ne te découvre !

Mon meilleur ami ne se le fait pas répéter deux fois. Il franchit le seuil. Audren et moi nous engouffrons derrière lui. Une expression de surprise se peint sur le visage de Klaoda en apercevant une panthère noire aux yeux bleu vert escortée d'un faucon.

— Qu'est… Q…, bégaie-t-elle.

La situation m'amuse un instant. J'émets une sorte de coassement qui me vaut un regard sévère d'Audren. Ce dernier reprend alors son apparence humaine. C'est à mon tour de retrouver mon corps.

— Klaoda, salué-je la fille de Breval. Cela faisait bien longtemps.

— En effet, Alara, me dit-elle, paraissant bouleversée. En toute franchise, je ne pensais pas te revoir un jour au village.

— J'ai tenu ma promesse, intervient Jaoven. Je t'avais prévenue qu'Alara et moi reviendrions…

— C'est vrai, admet Klaoda. Qui est-ce ? interroge-t-elle en dévisageant Audren avec méfiance.

— Un allié précieux qui peut t'offrir ta liberté, fille de Breval, réplique-t-il sur le ton le plus sérieux. Je me nomme Audren, fils d'Oana.

A ces mots, Jaoven pousse un grognement. Audren lui jette alors un regard noir. Avant que Klaoda ou moi-même parvenions à saisir le sens de cet échange muet, des bruits de pas retentissent à l'étage.

— Tu n'es pas seule ? s'étonne Jaoven.

— Ne me dis pas que tu es naïf au point de croire que Breval aurait abandonné le village ? dis-je, une pointe d'agacement dans la voix.

— Alara a raison, ajoute Klaoda. Izolda est restée, ainsi que mon père, bien que j'ignore où il se trouve en ce moment…

— Voilà qui n'arrange pas nos affaires, déclare Audren d'une voix songeuse.

Soudain, Klaoda blêmit : les bruits de pas se

rapprochent, retentissant dans l'escalier. Loin de céder à la panique, notre alliée nous pousse tous les trois vers un mince placard, situé à la droite de l'entrée. Audren, Jaoven et moi nous y entassons. Puis, Klaoda referme précipitamment la porte. Celle-ci vient juste de se rabattre, lorsque la voix d'Izolda s'élève dans l'entrée :

— Que fais-tu ici ? demande-t-elle sur un ton sec à sa fille. Ton père t'a ordonné de rester dans ta chambre, jusqu'à ce qu'il ait jugé de ton sort, Klaoda.

— Enfin, dit Klaoda, prenant un ton quasi suppliant, je n'ai rien fait ! Ce n'est pas de ma faute si tu as été incapable de te débarrasser de Jaoven…

— Il suffit ! la coupe sa mère, sa voix enflammée par un courroux naissant. Je veux que tu remontes dans ta chambre d'ici cinq minutes. Autrement, c'est à ma punition que tu seras soumise. Et crois-moi, tu préféreras celle de ton père à la mienne !

Ayant dit cela, Izolda remonte l'escalier d'un pas énergique. En cet instant, j'ai de la peine pour Klaoda. Je commence à comprendre pour quelle raison elle est prête à choisir les Âmes Perdues plutôt que son clan. Cet extrait de vie familiale auquel je viens d'assister me prouve que ses parents la maltraitent.

A côté de cela, l'indifférence de mon père, combinée à la froideur de ma mère, semblent constituer un foyer accueillant et chaleureux. Klaoda attend que les pas d'Izolda s'évanouissent avant d'ouvrir le placard. Alors que je m'apprête à en sortir, avide de me dégourdir les jambes après m'être contorsionnée, Klaoda me pousse à l'intérieur.

A son tour, elle nous rejoint. A quatre dedans, il n'est pas possible de fermer la porte. La fille de Breval se dépêche d'attraper une clé, accrochée à son collier. Sous l'effet du stress, ses mains tremblent. Elle tapote ensuite le fond du placard, jusqu'à identifier un endroit où le mur sonne creux. Klaoda presse alors la clé à cet endroit : une serrure se matérialise, aspirant la clé.

Un déclic résonne discrètement, tandis que Klaoda récupère la clé et que le fond du placard disparaît. Un couloir, semblant taillé à même la roche, nous invite à l'emprunter. Cela est suffisant pour qu'Audren, Jaoven et moi nous y faufilions. Klaoda nous rejoint après avoir pris soin de verrouiller la porte du placard de l'intérieur. Le couloir n'est pas très haut, au point que Klaoda, Audren et Jaoven sont obligés de marcher courbés. Mon mètre cinquante-sept me permet de rester debout.

Le couloir nous mène tout droit sur une centaine de mètres. Je suis sûre que nous avons quitté le périmètre de la demeure de Breval. Lorsque j'étais une petite fille, j'avais l'habitude d'espionner les conversations de mes parents. Un jour, j'ai surpris Madog évoquant un réseau de tunnels et de souterrains qui relierait la quasi-totalité des habitations du village. Ma mère s'étant aperçue de ma présence à ce moment-là, elle m'a envoyé dans ma chambre, après m'avoir affirmé que mon père plaisantait, qu'il était impensable qu'un tel labyrinthe pût exister. Feignant l'obéissance, je me suis rendue dans ma chambre. Une fois seule, je me suis promis de découvrir ces fameux souterrains. En toute honnêteté, je ne pensais pas vraiment y arriver, jusqu'à ce soir.

Jaoven ouvre la marche, tandis qu'Audren la ferme. Subitement, mon meilleur ami s'arrête. Je me cogne dans son dos ne l'ayant pas vu se stopper. C'est alors que je réalise que nous sommes parvenus à un embranchement : deux chemins s'offrent à nous.

Un premier tunnel oblique vers la droite. Celui-ci paraît lumineux et plus agréable à parcourir. Des dalles de pierre recouvrent le sol. Un second souterrain part vers la gauche ; il est peu éclairé, de multiples cailloux en jonchent le sol, à l'instar du tunnel que nous venons de parcourir.

— Ne vous fiez pas aux apparences ! nous prévient Klaoda en décrochant une torche du mur. Le tunnel de droite vous conduira dans… dans un endroit que vous préféreriez ne pas découvrir.

A son expression, je comprends que la fille de Breval en a fait la douloureuse expérience.

— Dans ce cas, je suppose que nous emprunterons le couloir de gauche ? suggère Audren, sans se départir de son calme que je commence à envier.

Bien que je me sente en sécurité dans le tunnel, j'ai conscience que le danger peut surgir à n'importe quel instant. Cet enchevêtrement de couloirs a été édifié par Breval et les membres de notre Conseil. Nous courons le risque de tomber sur l'un d'eux, et cela, à n'importe quel moment. Une bouffée d'angoisse m'étreint la poitrine. J'ai du mal à respirer pendant quelques secondes avant de retrouver le contrôle de moi-même. Klaoda ébauche un pas en direction du tunnel de gauche. Une question s'échappe alors de mes lèvres :

— Qu'y a-t-il de l'autre côté ?

Klaoda évite mon regard. Mon interrogation génère une sensation de malaise patent chez elle. Pourtant, j'ai besoin de savoir, car, derrière son mutisme, je devine l'horreur que referme le tunnel de droite.

— Puisque tu tiens à le savoir, finit-elle par lâcher, en redressant la tête. Hé bien, ce couloir mène à une pièce, plus précisément à une cabane.

— Une cabane ? répète Jaoven. Dans quel but ?

Klaoda prend une inspiration avant de répondre. Parler de sa découverte lui coûte.

— Il s'agit d'une expérience… Breval et Madog ont créé une cabane identique à celles qu'ils installent sur la plage lors de l'épreuve d'acceptation du clan. En vérité, je crois que mon père et le tien, ajoute-t-elle à mon adresse, ont élaboré le sortilège de l'épreuve à partir de celle-ci.

— Tu penses qu'ils ont utilisé des cobayes afin d'y parvenir ? réfléchit Audren à voix haute. Cela fait sens… Après tout, il est clair que les enfants qu'ont eus vos parents avant vous n'ont pas tous péri suite à l'épreuve d'acceptation. Ils ont eu à disposition nombre de sujets pour procéder à des expérimentations.

La logique, froide et implacable d'Audren, me heurte de plein fouet. Au début, je nie en bloc cette hypothèse : non, les Ravisseurs n'auraient tout de même pas sacrifié leurs propres enfants pour réaliser des expériences ? A vrai dire, pourquoi croirais-je le contraire ?

La cruauté de mon clan d'origine n'a pas de limite. Izolda n'a pas hésité une seconde avant d'assassiner Clerig. Le sang-froid dont la femme de Breval a fait preuve me prouve que ce n'est pas la première fois qu'elle a eu à en faire usage.

Je suis ulcérée ! Les atrocités nouvelles commises par les Ravisseurs, en particulier par mon propre père et Breval, me révoltent. Afin de contenir ma rage autant que mon envie subite de faire payer aux Ravisseurs leurs immondes crimes, je serre les poings. Audren le remarque aussitôt.

Dans un geste qui se veut apaisant, il pose délicatement ses mains sur mes épaules. Puis, il les fait glisser le long de mes bras jusqu'à atteindre mes mains. Alors seulement, je consens à les déplier. Nos doigts s'entrelacent : Audren exerce une légère pression. Par ce simple geste, je me sens rassérénée. Le fils d'Oana comprend la colère et la douleur qui me traversent, mais y céder maintenant me nuirait. Je dois garder la tête froide si je désire avoir une chance de vaincre Breval et son clan.

— Tu as assisté à l'une de ces expériences ? demande Jaoven d'une voix douce, tandis qu'il se rapproche de Klaoda.

Cette dernière hoche la tête. Un flot de larmes emplit ses yeux sombres, leur donnant une étrange brillance que révèle la lueur de la torche que Klaoda tient toujours.

— J… je n'ai rien pu faire, dit-elle, la voix tremblante. C'était horrible… Il ne cessait de les supplier d'arrêter. Mais Madog et Breval ont continué… jusqu'à ce qu'il n'ait plus la force de parler… jusqu'à ce que…

Klaoda est incapable de terminer ; d'ailleurs, ce n'est pas nécessaire. Notre alliée refuse de se laisser abattre. Et c'est le regard animé d'une résolution nouvelle qu'elle s'enfonce dans le tunnel de gauche, Jaoven sur ses talons. Audren et moi y pénétrons à notre tour. Nous progressons en silence pendant une dizaine de minutes. Le tunnel ne cesse de monter ou de descendre, ralentissant notre progression.

— Ce sont les pierres de pouvoir qui vous intéressent, n'est-ce pas ? lance subitement Klaoda en se tournant vers Audren, Jaoven et moi.

— Faut-il vraiment le confirmer ? la nargue un tant soit peu le fils d'Oana.

— Non, réplique Klaoda. Ce tunnel-ci conduit à la réserve des chaudrons contenant les pierres de pouvoir… Je n'ai pas eu à réfléchir pour vous y entraîner. Cependant, nous ne sommes pas encore arrivés. Le chemin est encore long et tortueux. Et j'ajoute que, sans moi, vous n'y arriverez pas.

Cette déclaration est accueillie plutôt froidement. J'observe les traits d'Audren se durcir. A nouveau, il paraît bien plus âgé qu'à l'accoutumée.

— Que désires-tu, Klaoda ? l'interroge-t-il, très direct.

La réponse de la fille de Breval est tout aussi franche et sans ambiguïté :

— La possibilité d'une vie meilleure. J'abhorre ma famille, mon clan… et cet endroit ! dit-elle, en écartant les bras comme pour désigner la presqu'île dans son ensemble. Je n'approuve pas la conduite des Ravisseurs. Ce sont des monstres ! Et je ne veux pas leur ressembler !

Ces arguments m'émeuvent, car ils sont l'écho de pensées similaires que j'avais avant de pouvoir fuir le village des Ravisseurs.

— A… Audren, intervient mon meilleur ami, je crois sincèrement que Klaoda mérite qu'on lui accorde une chance. Après tout, elle a pris des risques considérables pour nous venir en aide.

Audren élève alors la main, réduisant Jaoven au silence. Tous trois nous attendons son verdict. En cet instant, je reconnais l'autorité naturelle d'Oana en lui. Klaoda gratte nerveusement le mur ; elle espère tellement connaître une autre existence que celle-ci.

— En effet, répond Audren après un long moment passé à contempler la fille de Breval, tu as prouvé ta valeur et ta loyauté. Je te propose donc un marché.

Le fils d'Oana attend de recevoir l'assentiment de Klaoda avant de poursuivre. Celle-ci hoche aussitôt la tête, en signe d'acceptation. Son désespoir est patent ; je crois que Klaoda serait prête à n'importe quoi pour avoir une chance de quitter, et son clan, et sa famille.

— Bien, approuve Audren. Si nous réussissons à récupérer les pierres de pouvoir, tu pourras rejoindre le clan des Âmes Perdues.

— Et si nous échouons ? le questionné-je, incapable de me taire plus longtemps.

— Dans ce cas, répond Audren sur un ton presque badin, il n'y aura pas de voyage de retour… pour aucun d'entre nous.

— Nous réussirons ! s'exclame notre alliée. J'en fais la promesse : je vous mènerai aux pierres de pouvoir. En route ! nous exhorte-t-elle en se levant d'un bond.

Klaoda nous entraîne ensuite dans un entrelacement de corridors. J'ignore comment elle arrive à se repérer. A plusieurs reprises, nous devons changer de souterrains. Certains affichent une pente tellement raide qu'il nous faut nous accrocher à la paroi pour ne pas tomber. Enfin, après un périple de vingt minutes, nous nous acheminons vers une porte. Taillée dans la roche, son encadrement a été marqué par un ruban vert émeraude. Klaoda ralentit au fur et à mesure que nous nous rapprochons.

Une fois que nous avons atteint la porte, notre alliée se met à chuchoter :

— La dernière fois que je me suis rendue dans cette pièce, dix chaudrons remplis de pierres de pouvoir s'y trouvaient.

— Pourquoi parles-tu si bas ? la questionne Jaoven, surpris.

— Parce que j'ignore si mon père a pris des dispositions pour placer un garde à l'intérieur… La dernière fois, je n'en ai pas rencontré. Mais on n'est jamais trop prudents.

—Tu as raison, Klaoda, déclare Audren. Alara, je crois que tu sais ce qu'il te reste à faire, me dit-il en m'adressant un discret clin d'œil.

En guise de réponse, je lui lance un sourire en coin. Puis, je ferme les yeux, puisant dans mon énergie. Lorsque je les rouvre, j'incarne un ravissant félidé noir aux yeux vairons. Audren se transforme à son tour. Cette fois, il revêt l'aspect d'un labrador au poil sombre, de taille moyenne. J'ignorais qu'Audren avait choisi également cet animal pour totem. Jaoven saisit alors notre idée.

— Pourquoi a-t-il fallu que j'opte pour une tortue ? bougonne-t-il, en même temps qu'il se prépare pour le sortilège. Vraiment, quelle idée !

Le labrador pousse un léger grognement. Mon meilleur ami se tait et mute quelques instants après en une grande tortue de terre aux yeux clairs. Pour manifester son mécontentement, la tortue frappe sa patte contre le sol ; ce qui a pour effet de m'envoyer de la poussière dans les yeux. Je secoue la tête pour la dissiper. M'abandonnant un instant à l'espièglerie, je tapote la carapace de Jaoven. Puis, lorsque je me suis assurée qu'elle est suffisamment solide, je me hisse sur son dos. Mon meilleur ami est ainsi immobilisé. J'affiche un air de triomphe. Ses petites pattes battent les airs ; en vain, il ne peut s'échapper de mon emprise.

Agacé, Audren s'approche. Avec précaution, il ouvre sa puissante mâchoire et m'attrape par la peau du cou. Il me dépose à côté de Klaoda. En signe de désagrément, je lui tire la langue.

— Un peu de sérieux ! nous reprend celle-ci.

En dépit de son air sévère, Klaoda ne peut retenir un sourire devant ce spectacle.

— A trois, j'ouvre, nous prévient-elle. Un… Deux ! lance-t-elle avant de tourner la poignée.

Celle-ci cède sans aucune résistance. Klaoda franchit la porte, un labrador, un chat et une tortue à ses trousses. La pièce est plongée dans une obscurité des plus denses. Mes yeux de félin me permettent de briser ces ténèbres.

Au centre, je repère trois chaudrons au sommet desquels je perçois un éclat vert émeraude. Seulement trois ? Ce n'est pas normal, où sont donc passés les autres ? Un vent de panique me submerge, lorsque je distingue la pointe d'une épée derrière les chaudrons. Je m'apprête à alerter mes compagnons, quand la lumière envahit brutalement la pièce, nous éblouissant un court instant.

Cela suffit à nos assaillants pour prendre l'avantage. Deux mains vigoureuses s'emparent de moi, tandis que Klaoda est plaquée au mur, une dague sous la gorge. Je pousse un miaulement indigné en constatant que son agresseur n'est autre que Kelig, son frère jumeau.

Résolue à ne pas me laisser attraper, je plante mes crocs de félidé dans l'une des mains qui me retient. Celle-ci me lâche immédiatement en même temps que retentit un juron. J'atterris sur mes quatre pattes à terre. Le sol de pierre froide glace mes coussinets de félin un instant. Je cours en direction de la porte.

Trop tard ! Un troisième assaillant la referme sous mon nez. Je l'identifie instantanément : Izolda. Je laisse échapper un soufflement sauvage. La femme de Breval part d'un grand éclat de rire. Jaoven, sous sa forme de tortue, profite de sa distraction pour la mordre. De rage, Izolda lui assène un vigoureux coup de pied qui envoie Jaoven voler à l'autre bout de la pièce. Dans tout ce désordre, je cherche désespérément Audren. C'est alors qu'un labrador bondit de derrière les chaudrons sur celui qui m'avait attrapé. Je suis sidérée en reconnaissant Fabio, mon frère. Je me rappelle alors que mon meilleur ami l'a libéré, en accord avec le Conseil du clan des Âmes Perdues, afin de leurrer les Ravisseurs. Car, depuis qu'il a subi le sortilège du déracinement de l'âme, Fabio ne représente plus une véritable menace. Mon frère est plaqué au sol par le labrador, momentanément immobilisé.

Je reprends mes esprits et mets fin à ma mutation, à l'instar de Jaoven, qui se relève péniblement. Mon meilleur ami a heurté violemment le mur de pierre. Mais il me rejoint, déterminé à en découdre avec Izolda.

— Bande d'imbéciles ! s'écrie-t-elle, les yeux exorbités par la colère. J'aurais dû vous tuer quand j'en ai eu l'occasion… Comme je me suis débarrassée de cette fouineuse de Clerig !

Cette fois, c'en est trop. D'instinct, je brandis l'épée que j'ai apportée avec moi depuis la tour du passage. Le regard empli de hargne envers celle qui a causé la perte de mon amie, je m'avance, la pointe tournée vers elle.

— Tu vas payer, Izolda, craché-je. Pour tous les crimes que tu as commis, tu vas payer !

Au moment où je m'apprête à me jeter sur mon ennemie, Jaoven s'interpose.

— Ne fais pas ça ! m'implore-t-il. Izolda ne mérite pas que tu te corrompes... N'oublie pas les leçons des Âmes Perdues : il s'agit de nous défendre. Tu n'es pas une meurtrière, Alara !

Pendant ce temps, Izolda s'est approchée de Jaoven. Brusquement, elle lance une pierre sur le crâne de mon meilleur ami. Ce dernier ne perd pas connaissance, mais il s'effondre à terre.

Agilement, je saisis la lame de mon épée. Le pommeau est désormais tourné vers Izolda.

— Infâme créature, siffle-t-elle. Si tu t'imagines que tu auras la vie sauve en te rendant.
— Oh ! Ne t'inquiète pas, chère Izolda, réponds-je, un rictus se peignant sur mes lèvres. Je ne suis pas si naïve.

J'abats de toutes mes forces le pommeau sur sa tête. Assommée, Izolda chute sur le sol. Encouragée par cette démonstration, Klaoda envoie un coup de pied à son frère. Ce dernier relâche son emprise. C'est suffisant pour lui permettre de se dégager. Je la rejoins et lui tends mon épée. Klaoda s'en empare : alors que Kelig est encore à terre, elle le frappe avec le pommeau de l'arme. Sous l'effet de la douleur, son jumeau s'évanouit rapidement.

Nous n'avons pas le temps de nous réjouir que, déjà, il nous faut parer à une autre menace. Derrière les chaudrons, Fabio et Audren se livrent combat, à mains nues. Et je constate avec plaisir que mon frère n'a pas le dessus. Mais un moment d'inattention d'Audren retourne la situation. Fabio lui donne un violent coup de poing dans le dos. Profitant de la faiblesse temporaire de son adversaire, il sort un poignard de sa manche et le glisse sous la gorge d'Audren. Je me fige aussitôt, à l'instar de Jaoven et Klaoda.

— Fabio, dis-je me forçant à user d'une voix forte, relâche Audren, s'il-te-plaît.

Mon frère éclate d'un rire sans joie qui résonne dans la pièce rectangulaire, uniquement occupée par les trois chaudrons.

— Tu n'as donc absolument aucune idée, petite sœur, de la réalité ! me lance-t-il. Il semblerait que les Âmes Perdues ne soient pas si honnêtes qu'elles le prétendent…

— Fabio, renchérit Jaoven, sûr de lui, toi non plus, tu ne connais pas toute la vérité.

— Sale petite taupe ! s'exclame Fabio en reportant son attention sur mon meilleur ami, une expression de dégoût sur le visage. J'ai bien failli croire à ton numéro… Néanmoins, tu restes un imbécile, Jaoven. Les Âmes Perdues ne valent guère mieux que les Ravisseurs.

— C'est à moi d'en juger, réplique mon meilleur ami, sans se départir de son assurance. Quoi qu'il en soit, pour quelqu'un qui se veut si informé que cela de la réalité, je m'étonne que tu n'aies pas encore compris qui était ta vraie famille.

Cette phrase semble déstabiliser Fabio. En effet, mon frère perd de sa superbe, lorsqu'il réplique, sur un ton hargneux :

— Où veux-tu en venir, misérable traître ?

— Ne trouves-tu pas surprenant, poursuit Jaoven, paraissant presque décontracté à présent, d'avoir autant d'affinités avec le chef de ton clan ? Ne t'es-tu jamais demandé pour quelle raison Adenora t'a abandonné derrière elle, sans un regret la nuit où la malédiction a été jetée ?

C'est à mon tour d'être troublée par les déclarations de Jaoven. Une hypothèse s'achemine en mon esprit que je préfère réfuter. Cependant, je ne peux nier l'évidence plus longtemps. Je me tourne alors vers Klaoda. Son regard aussi noir que l'ébène m'attire immédiatement.

Comment ne l'ai-je pas réalisé plus tôt ? Je me remémore les paroles d'Abriel, à savoir que Fabio est différent de nous. Savait-il donc lorsqu'il s'est exprimé ainsi ?

— Breval est ton véritable père, dis-je d'un trait. Ma mère… Notre mère et lui ont été fiancés quelques temps. Au final, Adenora a rompu, lui préférant Madog, mon père.

— Qu'est-ce que tu racontes ? s'emporte Klaoda. Ce n'est pas possible !

— Au contraire, insiste Jaoven, c'est parfaitement plausible.

Je ressens presque de la pitié pour Fabio. Ce dernier semble secoué par la nouvelle.

— Qui aurait cru que le fils prodigue, l'enfant chéri de Madog, ne soit même pas de lui ? déclare Jaoven, sur un ton narquois. Ta mère t'a menti.

— Tu ne connais rien des secrets d'Adenora ! se met à hurler Fabio, défiguré par la fureur. Ma mère n'a jamais… Et puis, à quoi bon perdre mon temps !

Poussant Audren, demeuré muet jusqu'à présent, Fabio s'apprête à plonger la main dans un chaudron empli de pierres de pouvoir.

— Arrête ! lui ordonné-je. Fabio, si jamais tu utilises la magie, tu n'y survivras pas, l'avertis-je.

— C'est tout ce que tu as trouvé pour m'empêcher de me débarrasser de tes petits camarades ! me lance-t-il avec mépris.

— Non ! Souviens-toi : lorsque je t'ai rendu visite dans ta cellule. A la fin, je… je t'ai lancé un sortilège. Sur le moment, j'ai agi par instinct. J'ignorais de quoi il s'agissait…

— Tu es bien sotte, petite sœur ! riposte-t-il en me jetant un regard haineux. Tu n'es vraiment pas digne de notre père.

— Le sortilège du déracinement de l'âme te détruira, Fabio ! dis-je, à bout d'argument.

Cette fois, mon frère suspend son geste. Interpelé par mes propos, il m'interroge :

— Qu'as-tu dit ?

Une expression de pure surprise se peint sur ses traits. Mon frère commence à me croire, ou, en tout cas, à douter. Il est vrai que je ne porte guère d'affection à Fabio. Cependant, ainsi que me l'a rappelé Jaoven, je ne suis pas une meurtrière. Je me refuse à laisser mon frère se tuer, sans l'avoir prévenu. Je ne peux me résoudre à ce qui m'apparaît comme une monstruosité digne de mon clan d'origine.

— Ne... ne l'écoute pas, articule péniblement Audren, un poignard toujours placé sous la gorge. Alara ment… Elle ne maîtrise même pas les sorti… sortilèges d… de base.

— Audren ! crié-je, indignée. Pourquoi ? POURQUOI ?

La détresse qui se décèle aisément dans ma voix semble convaincre Fabio de croire Audren. Mon frère plonge alors sa main dans le chaudron. L'effet du sortilège est immédiat : une explosion retentit dans la pièce. Mon frère est propulsé contre le mur, les bras en sang. Je me précipite auprès de lui. Au moment où je m'agenouille, je constate que des plaies béantes parcourent ses membres. Son visage est strié de griffures profondes. Une partie de son nez a été arrachée dans l'explosion. Fabio est méconnaissable. Un flot de sang s'échappe de ses blessures. Je prends conscience que mon frère n'en a plus pour longtemps.

— Al… Alra, dit-il essayant de prononcer mon prénom. Il fa… faut qu.. te dise… Ad.

— Quoi, Fabio ? lui demandé-je, horrifiée par ce qu'il vient de se produire.

— Adnor…a, poursuit-il avec difficulté. Sec…

Secret. Menti. Tu dois sav…

Soudain, mon frère prend une ultime inspiration. Ses yeux se révulsent, puis, sa tête retombe sur sa poitrine, telle une poupée de chiffon. Fabio vient de trépasser.

— J'espère que tu trouveras le repos, où que tu sois, murmuré-je en lui fermant les yeux.

Une larme dévale mes joues. Lorsque je me relève, Audren, Klaoda et Jaoven m'observent attentivement. Klaoda semble, elle aussi, se remettre de cette révélation. Ignorant mon meilleur ami et notre alliée, je fonce vers Audren. De colère, j'abats mes poings contre sa poitrine. Je sais que mes coups sont inoffensifs. D'ailleurs, je ne cherche pas à le blesser. Mais je lui en veux de son comportement.

— Fabio ne méritait pas de finir ainsi ! hurlé-je, les yeux emplis de larmes. Pourquoi tu l'as poussé à faire ça ? POURQUOI ?

Doucement, ainsi qu'il a l'habitude d'agir avec moi, Audren attrape mes mains. Je le laisse faire, car je me sens vidée de mon énergie.

— Alara, mon amour, me chuchote-t-il en me caressant les cheveux, je ne pouvais pas permettre qu'il te blesse…

— Je ne comprends pas, dis-je avec franchise.

Alors, Audren prend son visage entre mes mains. Avec son index, il essuie quelques larmes sur ma joue. Puis, il m'explique avec cette même douceur, qui m'est devenue familière :

— Fabio avait juré de t'anéantir, Alara. Sache que, enchaîne-t-il, je ne serai pas toujours là pour te protéger. J'avais besoin de te savoir en sécurité.

Ensuite, il me serre contre lui. Je lui rends son étreinte. Un sentiment d'urgence semble s'être emparé de lui, mêlé à une espèce de désespoir lancinant dont j'ignore l'origine.

— Je t'aime, Alara, me déclare Audren avant de déposer un chaste baiser sur mes lèvres. Ne l'oublie pas.

— Je t'aime aussi, Audren, réponds-je, sincère.

Puis, il m'attrape par la main. Nous rejoignons Klaoda et Jaoven en plein examen des pierres de pouvoir. Mon meilleur ami attrape une poignée de pierres vert émeraude, qu'il laisse retomber dans l'un des chaudrons.

— Comment allons-nous les transporter ? s'enquiert Klaoda.

— Les chaudrons sont secondaires, pour l'instant, réplique Audren d'une voix autoritaire. La priorité consiste désormais à retrouver Breval.

— Mais, proteste-t-elle, nous avons fait tout ce chemin pour rien ?

— Non, la rassure Audren. Les chaudrons ne bougeront pas d'ici. Nous viendrons les récupérer ultérieurement. Lorsque le temps viendra pour les pierres de pouvoir de retrouver leurs propriétaires originels.

A ces mots, Audren nous commande de transporter le corps de Fabio, ainsi que Kelig et Izolda, toujours inconscients, à l'extérieur de la pièce. Nous nous exécutons.

Après quelques minutes, il ne reste que les trois chaudrons emplis de leur précieux contenu. Audren referme alors la porte. Puis, il arrache le ruban vert émeraude de l'encadrement. Aussitôt, la porte disparaît, tandis qu'Audren range le tissu dans la poche de sa veste.

Par précaution, j'invoque la magie de la terre afin d'empêcher Kelig et Izolda de s'enfuir à leur réveil. Je les enferme dans un bloc de pierre creux ; celui-ci s'évaporera au lever du jour.

D'ici là, nous aurons fui le village des Ravisseurs… du moins, je l'espère.

9

— Par-là ! nous indique Klaoda, tandis que nous arpentons le dédale de couloirs.

Jaoven, Audren et moi revenons sur nos pas afin de la suivre dans un étroit couloir sur la droite. Ici, les torches se font plus rares. J'ai du mal à y voir à plus d'un mètre.

Tout à coup, un son nous parvient. Dans un même mouvement, nous nous immobilisons. Je tends l'oreille au maximum afin de déterminer s'il s'agit d'un simple rat, ou bien, d'une vraie menace. Après un temps, je discerne des éclats de voix.

— Ils viennent vers nous, chuchote Klaoda tellement bas que je l'entends à peine.
— Retournons en arrière, dis-je en entraînant Audren par le bras. Vite ! ajouté-je, d'une voix pressante.

Le visage de Klaoda est crispé par l'angoisse. Jaoven, qui semble aussi peu détendu, lui attrape la main. Notre alliée paraît reprendre ses esprits. Tous deux nous rejoignent à l'entrée de ce corridor.

— Existe-t-il d'autres sorties ? l'interroge Audren, conservant difficilement son calme ordinaire.

— Ou… Oui, bégaie Klaoda. Il y en a au moins deux.

— Très bien, lance Audren sur un ton satisfait. Le mieux est de nous séparer. Jaoven et toi emprunterez l'une des issues, quand Alara et moi nous dirigerons vers la seconde.

Klaoda nous explique alors, de façon concise, comment atteindre la sortie la plus proche.

— Où nous retrouverons-nous ? s'enquiert Jaoven, dont la voix n'est qu'un souffle.

— Sur la plage, dans deux heures, indique Audren. Maintenant, adieu et bonne chance !

Brusquement, le fils d'Oana tourne les talons. Nous bifurquons à gauche. Un dernier regard en arrière m'informe que Jaoven et Klaoda sont repartis vers la pièce où se trouvent les chaudrons. J'espère qu'ils parviendront à la sortie, sains et saufs. Comme s'il lisait dans mes pensées, Audren me murmure :

— Klaoda possède un solide instinct de survie. Quant à Jaoven, il a suffisamment montré sa combativité pour qu'il ne soit guère permis de la mettre en doute. A présent, Alara, c'est à nous qu'il faut penser. A nous, et au combat qui nous attend.

10

Après une cavalcade d'une longue demi-heure, nous débouchons sur une frêle porte en bois qui donne sur la forêt. Audren m'entraîne derrière lui, jusqu'à ce que nous atteignions une clairière. A bout de souffle, je me laisse glisser sur le sol, adossée contre un rocher. La clarté de la lune baigne cet endroit que je ne reconnais pas. A vrai dire, je me suis rarement aventurée dans la forêt de la presqu'île, lui préférant la plage.

Au fur et à mesure que je retrouve une respiration normale, mes sens se remettent en éveil. Je découvre l'étrange aménagement de ce lieu. Quelques cimes d'arbres laissent deviner que cette clairière n'est pas le fruit de la nature ; au contraire, elle a été créée. C'est alors que je remarque que sept rochers, identiques à celui contre lequel je me repose, délimitent son étendue. Audren se tient au milieu. Le visage levé vers le ciel, il scrute les étoiles qui se dévoilent dans la nuit.

— C'est un observatoire, m'annonce-t-il en venant s'asseoir à mon côté. Je me décale de quelques centimètres pour lui permettre de s'adosser contre le rocher. Les Ravisseurs ont choisi ce lieu pour étudier les étoiles.

— A quoi cela pourrait-il leur servir ? m'étonné-je. Les membres de mon clan d'origine ne sont pas vraiment intéressés par l'étude… si ce n'est celle de la magie.

— Justement, m'explique Audren. Cet emplacement favorise le développement de la magie. Tu vois ces rochers ? me demande-t-il en balayant la clairière d'un geste ample du bras.

J'opine aussitôt. Leur positionnement m'a également interpelée, sans que j'en comprenne la raison.

— Ils symbolisent la montagne au sommet plat, où je t'ai emmenée…

— Tu veux parler du lac sacré ?

D'un simple hochement de tête, Audren confirme.

— Dans notre clan, enchaîne-t-il, il existe une légende selon laquelle ce sont des étoiles filantes qui auraient conduit Alix, notre aïeul commun, au lac sacré. Depuis, nous avons pris l'habitude d'édifier ce genre de sanctuaire. Nous pensons qu'il permet d'accroître nos pouvoirs.

J'en reste sans voix, car, il est vrai que ce lieu semble à l'écart du temps. Coupé du monde, sans être complètement isolé, c'est une enceinte sacrée.

— Il en existe plusieurs au sein du village des Âmes Perdues, m'apprend Audren. Mais je ne m'attendais pas à en rencontrer un ici… Il s'agit d'une tradition très importante. Seul un Enchanteur peut comprendre ce qu'il représente, ou savoir comment le construire.

— Tu oublies que l'un des Aînés du clan des Ravisseurs n'est autre qu'Edern, un ancien Enchanteur déchu.

— Je sais, soupire alors lourdement Audren. Cependant, Edern n'a jamais été particulièrement brillant et établir ce lieu nécessite un minimum de connaissances et de travail. Cet emplacement n'a pas été choisi au hasard…

Psshh. Pssshhffff.

Aussitôt, je me redresse, l'oreille aux aguets. Malgré les sons étouffés, je distingue nettement des bruits de pas. Quelqu'un approche de la clairière. Un bref regard échangé avec Audren m'indique qu'il a aussi perçu cette présence.

Discrètement, il me fait signe de me dissimuler derrière un rocher. Je me précipite donc à l'abri d'un rocher. Alors que je scrute la clairière depuis ma cachette, je réalise qu'Audren s'est volatilisé. Je sens une vague de panique monter en moi. J'utilise toute ma force volitive pour la repousser. Ce n'est vraiment pas le moment de perdre son sang-froid. Je m'apprête à me faufiler dans un buisson, lorsque je sens la pointe d'une lame d'acier entre mes omoplates. Je me fige instantanément. Des sueurs froides coulent le long de mon dos, quand je reconnais la voix familière aux accents de cruauté briser le silence de ce lieu sacré :

— Alara, bienvenue chez toi, ma chère... Il y a longtemps que j'attendais ton retour.

Lentement, je me retourne. Face à moi, Breval me dévisage avec, au fond des yeux, cette expression sauvage, presque animale, empreinte de bestialité. Cette seule vision suffirait à provoquer des cauchemars pour des enfants. Le chef de mon clan d'origine m'apparaît alors tel qu'il est vraiment : un monstre barbare et prêt à tout pour assouvir son intarissable soif de pouvoir et de vengeance. Paradoxalement, mon courage refait surface.

Avec aplomb, je le fixe droit dans les yeux, avant de lui lancer, sur un ton de défi :

— Tu ne m'as pas encore attrapée, Breval. Et je ne suis pas chez moi. J'appartiens désormais au clan des Âmes Perdues.

La surprise se lit momentanément sur le visage de mon ennemi. Lorsque je suis partie, j'étais encore une adolescente naïve et peut-être, malgré moi, influençable. A présent, j'ai évolué : je suis en passe de devenir une adulte. La première étape pour y arriver consiste à choisir mon clan.

Les techniques de combat que Tristane m'a enseignées me reviennent en mémoire. D'instinct, je les mets en pratique. Avec souplesse, je frappe l'épée de Breval à l'aide de mon pied. L'arme décolle de ses mains pour atterrir quelques mètres plus loin. J'envoie ensuite un coup de poing entre les clavicules de mon ennemi, ce qui a pour effet de lui couper la respiration.

Prenant mon élan et faisant appel à la maîtrise de l'air, je m'élève d'une dizaine de centimètres et frappe Breval en pleine figure avant d'effectuer un saut périlleux arrière. Je retrouve alors mon équilibre sur la terre ferme. J'en profite pour partir dans la direction opposée de Breval.

Une fois à l'extrémité de la clairière, je cherche un objet qui pourrait me servir d'arme. Je ne songe pas à utiliser l'épée de Breval, car, ma mère m'a rapporté, lorsque je n'étais qu'une petite fille, que le chef des Ravisseurs avait ensorcelé son épée de sorte que personne d'autre que lui ne puisse s'en emparer. Celui qui oserait, ne serait-ce que la tenir en main, serait immédiatement assaillie par d'atroces douleurs pouvant conduire à son trépas. Le mieux que je puisse faire est donc de m'assurer que l'épée demeure hors de portée de mon ennemi.

Breval, qui a repris le contrôle de lui-même, s'avance, menaçant, dans ma direction. Toutefois, je perçois une méfiance de sa part, car il s'arrête à cinq mètres de moi.

— Je vais te tuer, Alara, siffle-t-il avec tout le venin dont il est capable, ce qui n'est pas peu dire. Tu as commis une grave erreur en revenant ici. Grâce à ton cadavre, j'enverrai un message à Alexandre pour lui montrer que ses soldats ne sont pas à la hauteur.

— Décidément, tu as sombré dans la folie ! dis-je, en narguant Breval. Alexandre, le jeteur de malédiction, a quitté le village des Âmes Perdues depuis bien longtemps… Je ne suis même pas sûre qu'il soit encore en vie.

En réalité, je n'éprouve que peu d'intérêt pour cette

conversation. Mais j'ai besoin de gagner du temps, afin de trouver une parade qui me sortira des griffes de Breval.

— J'ignore ce qu'on t'a raconté, rétorque Breval, ni à quel lavage de cerveau nos ennemis t'ont soumise. Mais sache qu'Alexandre est assurément en vie !

Cette annonce me déstabilise, au point que j'en oublie tout le reste, un bref instant. Cela me paraît improbable. Pourtant, je décèle une forme de franchise dans les propos de mon ennemi. J'ai la conviction que Breval dit la vérité.

— Ce n… n'est pas possible, bredouillé-je, l'air atterré. Si Alexandre était vivant, je l'aurais croisé. Je… Comment peux-tu en être aussi certain, Breval ? finis-je par l'interroger, cédant à un irrépressible besoin de connaître la vérité.

— Hé bien, répond mon ennemi en prenant un air mauvais, parce que je ne l'ai pas encore tué !

Puis, il bondit dans ma direction. Lorsqu'il est dans les airs, Breval étend la main droite : aussitôt, son épée vole vers lui. Le pommeau s'insère dans sa paume, telle une clé dans une serrure. Mon ennemi saisit ensuite son épée à plein main, la lame pointée vers sa cible, en l'occurrence, moi.

Je n'ai pas le temps de réagir. Je suis tétanisée par la peur. La lucidité me fait entrevoir ma fin imminente : si Breval m'achève maintenant, je partirai sans honte, car je me serais battue pour une cause juste. Je ne sais si mes sens me jouent des tours, mais la scène se déroule au ralenti.

Dans quelques secondes, la pointe de la lame me transpercera la poitrine. Je ne peux continuer à regarder. J'emplis mes poumons une dernière fois, et je ferme les yeux. Lorsque l'assaut ne vient pas, je les rouvre. Stupéfaite, je découvre un labrador au poil sombre : jaillissant de nulle part, il s'envole dans les airs, avec autant d'aisance qu'un oiseau. Il ne tarde pas à heurter Breval de plein fouet. Ce dernier bascule en arrière. Bientôt, mon ennemi se retrouve plaqué au sol, le labrador tenant sa gorge entre ses crocs acérés. Brusquement, je réalise que c'est le moment d'agir.

Pendant un bref instant, j'entrevois la possibilité de la défaite du chef du clan des Ravisseurs.

— Lâche ton arme, Breval ! lui ordonné-je en m'approchant.

Mon ennemi fait mine de resserrer son emprise autour du pommeau. Le labrador, qui n'est autre qu'Audren, enfonce un peu plus ses crocs. Breval cède et lance son épée au loin.

— Tu ne commettras aucun meurtre, ce soir, lui dis-je en le toisant.

Le labrador le relâche. En une fraction de seconde, Audren se tient debout, entre Breval et moi. L'expression de mon ennemi change alors radicalement : je lis de la répulsion mêlée à de la haine dans ses yeux noirs.

— Alexandre ! rugit-il tandis qu'il est encore étendu à terre. Toi, ici !

— Silence ! lui commande Audren.

Breval pousse une sorte de râle, mais obtempère. Je crois qu'Audren l'a blessé au dos en le plaquant au sol. Mon ennemi se tortille bizarrement, sous l'effet de la douleur. A présent qu'il est hors d'état de nuire, je me sens soulagée… autant que perturbée.

— Audren, dis-je osant à peine prononcer son nom, est-ce… est-ce vrai ce q… ?

Il se tourne alors vers moi, ses pupilles sont dilatées au point que je ne distingue presque pas l'éclat bleu vert de son regard. Il s'avance d'un pas, puis, s'arrête. Nous nous contemplons dans la clairière.

— Je suis désolé, me lance-t-il enfin. J'aurais voulu que tu l'apprennes autrement.

Son aveu me plonge dans un état de choc. En cet instant, je voudrais fuir, afin de mettre le plus de distance possible entre cette clairière et moi. Mais, l'énergie me fait défaut. Je ne peux détacher mon regard d'Alexandre. Il est pourtant le même que celui que j'ai côtoyé. Et, en dépit de ce mensonge que j'assimile quasiment à une trahison, je ne peux m'empêcher de continuer à l'aimer.

— Audren n'a jamais existé, m'explique Alexandre. Quant à Oana, elle incarne ma dernière descendante. Après elle, ma lignée s'éteindra, car elle ne peut avoir d'enfant.

— Pourquoi m'as-tu caché ton identité, Alexandre ?

J'ai du mal à l'appeler autrement qu'Audren. J'ai l'impression d'être face à un homme qui m'est à la fois parfaitement étranger et en même temps, tellement proche.

— Je désirais que tu me vois tel que je suis, et non pas au travers de ce que je représente, m'avoue-t-il. Alara, tout ce qui s'est passé entre nous constitue les moments les plus heureux de mon existence…

— Jaoven était-il au courant ? lui demandé-je, sentant la colère bouillonner en moi.

— Oui, me répond Alexandre avec franchise. Je lui ai révélé mon identité. C'est ensuite qu'il a accepté de partir en mission. Après cet événement, j'ai compris qu'il n'était plus possible de fuir…

Alexandre laisse sa phrase en suspens. Un frisson me parcourt de la tête aux pieds. J'ai l'impression que je vais m'effondrer d'un instant à l'autre. Des vertiges me saisissent.

Dans un suprême effort de volonté, je l'interroge, d'une voix faible, une dernière fois :

— As-tu songé à quitter ton clan ?

— C'est exact… Sache que si je m'y étais résolu, je t'aurais emmenée avec moi. Alara, me dit-il, la voix légèrement tremblante, je n'imagine pas ma vie sans toi.

Malgré le bouleversement intérieur auquel je suis en proie, je lui réponds, tel un automatisme que je ne peux refréner :

— Moi non plus, Alexandre…

— Comme c'est touchant ! résonne subitement la

voix de Breval. A présent, je sais comment assouvir ma vengeance. Fais tes adieux à Alara !

Refusant de fuir, je me tiens face à Breval, prête à l'affronter. J'ai conscience que, tôt ou tard, il me rattrapera, autant en finir au plus vite. Je dégaine à mon tour mon épée. Je prends une inspiration, avant de foncer vers mon ennemi, épée en main.

Au passage, je pousse Alexandre sur le côté ; je n'ai guère envie que Breval l'atteigne. Et puis, ceci est mon duel, pas le sien. J'ai un contentieux à régler avec le chef du clan des Ravisseurs depuis trop longtemps.

— Pour Clerig ! m'écrié-je.

Nos lames se rencontrent dans un épouvantable cliquetis. Je tiens bon, malgré la force de mon adversaire. Nous échangeons plusieurs coups. En vain, je cherche une faille afin de frapper mon ennemi. Mais Breval est beaucoup plus roué au combat que je ne le suis.

Mais, je continue à lui résister, jusqu'à ce que, dans un mouvement, je me torde le poignet. Je pousse un petit cri, alertant ainsi mon ennemi. Breval balaie de sa lame mon épée que je ne parviens pas à retenir.

— C'est fini ! me lance-t-il, quelque peu essoufflé. Adieu, Alara !
— Non ! crie Alexandre, à quelques mètres de là.

Un bond de côté me permet d'éviter la lame de

Breval. Mais je ne vais pas tenir longtemps ; ce n'est qu'une question de minutes avant qu'il ne réussisse à me toucher. Dans un ultime effort, je tente de contourner mon ennemi. Je lui assène un coup de poing dans les côtes.

Surpris, Breval perd le contrôle de sa lame, qui tombe à terre. Un éclair de rage traverse son regard. Alors que je m'imagine tirée d'affaire, Breval, tout comme Fabio, sort une dague de sa manche. Nous sommes si près qu'il ne peut me manquer. Mon ennemi s'apprête à me frapper mortellement. Cette fois, je ne fermerai pas les yeux.

A ce moment, un bras se glisse sous le menton de Breval. Alexandre l'immobilise. Mon ennemi est forcé de baisser sa dague.

— Tu ne toucheras pas à un cheveu d'Alara ! lui dit-il, menaçant. Tant que je serai là, tu ne t'approcheras pas d'elle, siffle Alexandre avec hargne.

— Tant que tu seras là, répète Breval. Alors, ce n'est pas un problème.

Brusquement, le chef du clan des Ravisseurs se retourne. Habilement, il s'échappe de l'emprise de son adversaire. Sans même un cri, il plante sa lame dans la poitrine d'Alexandre. Médusée, je regarde mon amant trébucher, avant de s'effondrer à terre, tandis qu'un sourire féroce étire les lèvres de Breval.

A cet instant, je ne suis plus moi-même. La rage me possède et me dicte mes actes. Je fonce vers Breval, en même temps que je revêts l'apparence d'un faucon aux griffes acérées. En un puissant battement d'ailes, j'atteins mon ennemi au visage. J'enfonce mes griffes dans sa chair, lacérant son visage. Mais, Breval se débat.

Un coup de poing me repousse à quelques mètres ; je reprends alors forme humaine. Je contemple le chef des Ravisseurs : des traces de griffures multiples recouvrent son visage. De l'un de ses yeux s'échappe un flot de sang. Je réalise, avec une délectation perverse, que je lui ai crevé un œil.

Breval est fou de colère. La souffrance physique l'empêche de combattre. Je rassemble alors mon énergie pour jeter un dernier sortilège. Grâce à la force du vent, je propulse Breval, à l'autre extrémité de la clairière. Il atterrit lourdement contre un rocher. J'en appelle ensuite à la puissance de la terre : du lierre se met à pousser, entourant chacun de ses membres.

— Alexandre, appelé-je en m'agenouillant auprès de celui que j'aime.

Avec délicatesse, je place sa tête sur mes jambes. Une ouverture de plusieurs centimètres de long lui déchire la poitrine. Son tee-shirt est recouvert d'un liquide poisseux : du sang.

— Tu vas t'en sortir, lui dis-je, tout en essayant de me convaincre. Je vais te soigner, Alexandre. La magie m'aidera… Tu guériras.

— Non, Alara, m'affirme-t-il d'une voix douce. Le temps est venu pour moi de désigner mon héritière. Je ne survivrai pas.

— Non, protesté-je, la voix entrecoupée de sanglots. Je ne te laisserai pas partir. Je refuse de continuer à vivre dans un monde où tu n'es plus.

Alexandre ébauche un geste de la main vers mon visage. Mais son bras retombe ; je comprends que sa blessure l'a vidé de ses forces. Je saisis alors sa main entre les miennes, et je l'embrasse, dans un élan d'amour pur.

— Ne m'abandonne pas, s'il te plaît, l'imploré-je.

— Chut, nous n'avons plus beaucoup de temps, me dit-il, très affaibli. Te souviens-tu de cette nuit, où je t'ai emmenée au lac sacré ?

— Bien sûr, réponds-je aussitôt, ce fut l'une des plus belles de mon existence.

— Cette nuit-là, nous avons prononcé un serment…

A cet instant, une violente quinte de toux l'oblige à marquer une pause. Lorsqu'il peut à nouveau s'exprimer, je constate qu'un filet de sang coule de ses lèvres.

— Nous avons créé un lien unique, Alara. Grâce à lui, me déclare-t-il dans un souffle, je suis maintenant en mesure de te transmettre mes pouvoirs.

— Je ne veux pas de ta magie, Alexandre ! C'est toi que je veux ! persisté-je, au bord de l'hystérie.

— Prends soin de mon peuple, Alara. Je te le confie… pour l'éternité.

Là est sa réponse ; là, git mon désespoir le plus profond. Je comprends qu'il n'y a pas d'échappatoire. Déjà,

Alexandre prononce l'incantation par laquelle il me lègue ses pouvoirs. Je l'écoute la psalmodier. Son chant m'évoque une berceuse, mais la dureté de ses paroles me maintient en éveil.

« Ô Alix, par cette nuit,
J'invoque la magie originelle,
Car, c'est par elle, que tu devins
Le premier de notre lignée.
Par la malédiction, je me suis lié
A mon peuple. Mais aujourd'hui,
Mes pouvoirs me quittent,
Car j'ai désigné mon héritière.
Par ce lien qui nous a unis,
Daigne recevoir la magie des
Âmes Perdues. Par ce don reçu,
Tu seras Enchanteresse.
Grâce à toi, la malédiction sera éternelle. »

A peine Alexandre a-t-il terminé l'incantation, qu'une sphère dorée nous enveloppe lui et moi, nous coupant du monde. Entre mes mains, je tiens la sienne : une étincelle jaillit de ce contact qui se propage au reste de mon organisme.

Une sorte de puissance électrique me traverse, renforçant mon corps et mon esprit. Chacun de mes muscles, chaque parcelle de mon être, s'imprègne de la magie du jeteur de malédiction.

Au fur et à mesure que je reçois ses pouvoirs, son énergie le quitte. Soudain, je sens un tissu frôler mon avant-bras ; je reconnais aussitôt le ruban vert qu'Alexandre a arraché de l'encadrement de la porte menant aux chaudrons contenant les pierres de pouvoir. Le tissu s'enroule avec lenteur autour de moi. Il semble collé à ma peau.

Tout à coup, la sphère disparaît, en même temps que s'achève le transfert des pouvoirs. Le ruban vert est noué à mon avant-bras. Je sens alors la tête d'Alexandre retomber lourdement en arrière. Il est vidé de ses forces. Sa main glisse entre les miennes. Le jeteur de malédiction est en train de s'éteindre. L'horreur m'étreint avec une violence inouïe. En cet instant, j'éprouve une douleur aussi aiguë que si une lame d'acier avait transpercé mon cœur. Malgré toute la puissance dont je suis désormais dotée, il n'existe aucun enchantement qui puisse atténuer la douleur.

— J'aurais tellement aimé vivre à tes côtés, murmuré-je à celui que j'aime, en guise d'adieu.

— Alara, me répond Alexandre, puisant dans ses dernières forces, tu as rempli ma vie, qui était si triste et mélancolique… Ton amour m'a ramené à la vie avant mon trépas. N'oublie pas, hoquète-t-il, tu es l'une des nôtres… Tu es mon Enchanteresse.

Puis, sa tête bascule en arrière. Alexandre n'est plus. Un feu me consume alors, où se mêlent chagrin, souffrance et fureur. Un sentiment d'injustice se saisit de mon esprit.

Bien que cela ne serve à rien, je me mets à hurler, comme jamais je ne l'ai fait auparavant. Je refuse d'abandonner le corps d'Alexandre. A vrai dire, je n'éprouve pas la moindre envie de le quitter. C'est alors que je remarque, dans le brouillard de mon esprit, de la fumée qui s'élève autour de moi. Par ma colère, j'ai provoqué un feu ; celui-ci est en train de dévorer la clairière.

Pourtant, je ne bouge pas. Un instant, je songe à me laisser mourir ici, aux côtés de celui qui est encore tout pour moi. Sans lui, ma vie n'a plus de sens. Je demeure donc agenouillée, observant avec détachement le cercle de feu qui se rapproche dangereusement.

— Alara ! ALARA ! entends-je crier. Va-t'en !

Me sentant confuse, je lève la tête. Derrière les flammes, qui atteignent maintenant plus d'un mètre, léchant le sommet des sept rochers, j'aperçois Jaoven. Je me demande vaguement ce qu'il vient faire ici. Alexandre ne lui avait-il pas donné rendez-vous sur la plage ?

Comme je ne réagis pas, mon meilleur ami saute par-dessus les flammes. Il se réceptionne tant bien que mal sur les genoux. Mais Jaoven s'en moque. Il fonce vers moi et m'attrape par les épaules.

Sa voix demeure douce, bien que pressante :
— Alara, il faut partir… ou le feu te consumera.
— Je n'abandonnerai pas Alexandre.

Cette réponse pétrifie Jaoven. Il a remarqué le corps sans vie d'Alexandre qui repose en partie sur mes jambes. Je refuse de lâcher sa main. Celle-ci se rigidifie déjà, en même temps qu'elle se refroidit. Mais je n'en ai cure !

— Alors, il t'a avoué la vérité, déclare Jaoven.

Pour toute réponse, je resserre ma main autour de celle d'Alexandre.

— Alara, reprend mon meilleur ami en suffocant quelque peu, car la fumée commence à envahir tout l'espace, sauve-toi, je t'en conjure ! Si tu ne pars pas, alors, le sacrifice d'Alexandre aura été vain… Tu m'entends ? Il sera mort pour rien !

Seul Jaoven pouvait trouver les mots dans une telle circonstance. Bien que je répugne à me séparer d'Alexandre, l'idée qu'il aurait péri en vain m'est encore plus intolérable.

A contrecœur, je laisse aller sa main. Jaoven en profite pour m'entraîner à l'endroit où les flammes sont les moins hautes. J'ignore comment il se débrouille, mais nous arrivons à les traverser indemnes. Une fois de l'autre côté, je reviens peu à peu à moi. La confusion cède ainsi la place à la fureur qui me domine.

Tandis que je regarde les flammes attaquer la clairière, une obsession se forme en mon esprit : capturer Breval. Je décide qu'alors je lui ferai regretter le meurtre d'Alexandre, car le sort que je lui réserve se révélera pire que la mort. De rage, je serre les poings jusqu'à ce que je sente mes ongles s'enfoncer dans ma peau… jusqu'à tâcher mes mains de sang.

— Tu es blessée ? s'inquiète Jaoven en observant quelques gouttes tomber de mes mains.

De la tête, je fais signe que non.

— Edern et Oana ont franchi le passage. Je leur ai envoyé un message de détresse. Klaoda est restée avec eux, à la tour… Ils t'attendent pour aller récupérer les pierres de pouvoir.

— Alexandre vient d'expirer, dis-je, sur un ton cinglant. Et on dirait que tu ne ressens rien… Tu ne parais même pas surpris… Pourquoi ? lui demandé-je, presque en criant.

— Tu te trompes, me corrige-t-il. J'ai de la peine, et surtout, je n'ose imaginer ce que tu éprouves en ce moment. Mais, j'avais deviné le sens des écrits cachés du livre des rêves et prémonitions.

— Alors tu savais qu'Alexandre ne survivrait pas ? dis-je en lui jetant un regard mauvais, comme s'il était lui-même responsable de sa disparition.

— Alexandre n'avait pas beaucoup d'espoir de survie… Depuis qu'il t'a rencontrée, il a compris que tu étais vouée à devenir son héritière. Il a vu en toi celle capable de libérer son peuple, Alara.

Jaoven essaie ensuite de s'approcher, mais je m'écarte d'un pas, une expression de dégoût sur le visage. Apprendre qu'Alexandre m'a caché cette prophétie et que Jaoven a accepté de se taire, m'écœure. La souffrance que je ressens est insupportable, je n'ai pas la force d'en encaisser autant. J'ai l'impression que je vais devenir folle.

Dans ce marasme, je n'aperçois qu'une voie de salut : concentrer mon esprit sur un objectif, venger la mort d'Alexandre. Sans dire un mot, je m'enfuis à toutes jambes.

En courant, je me transforme en gazelle. J'ai alors la certitude que Jaoven ne pourra guère me rattraper. Je galope tellement vite que le paysage devient flou, autour de moi.

Dès que je suis certaine de m'être suffisamment éloignée, je reprends mon apparence humaine. Il me faut réfléchir ! Comment retrouver Breval ? Car, en dépit du choc que j'éprouve, j'ai constaté que Breval s'était volatilisé de la clairière. Avant de franchir la barrière de feu, je n'ai repéré nulle trace du chef du clan des Ravisseurs, ni de son épée. L'unique explication plausible est qu'il a réussi à s'échapper. A présent, je me situe près de la plage. Je décide de m'y rendre. Si je n'élabore pas un plan pour mettre la main sur Breval, je n'y arriverai pas. Afin de réussir, je ne dois pas laisser la colère me contrôler, sinon, je perdrais mes moyens et Breval triomphera. Et c'est une hypothèse que je ne peux accepter.

Lorsque j'atteins la plage de sable fin, l'aube est sur le point d'éclore. Les ultimes ombres nocturnes se dissipent, de sorte que je vois pratiquement comme en plein jour. Soudain, je distingue une silhouette féminine au bord de l'eau. De loin, je crois reconnaître Izolda. Elle porte une cape blanche, dont le capuchon est rouge. Je me précipite vers elle, espérant jouir de l'effet de surprise. Alors que je m'apprête à bondir sur ma proie, celle-ci se retourne. J'aperçois un éclat vert. Puis, je me retrouve allongée dans le sable sur le dos. Alors seulement, je peux identifier celle que je prenais pour Izolda.

— Mère, sifflé-je entre mes dents tandis que je me relève. Que fais-tu ici ?

— Alara, ma fille, me déclare-t-elle sur un ton quasi affectueux qui ne lui sied guère. Je suis si contente de te retrouver…

Adenora esquisse un pas dans ma direction, avant de pousser une exclamation :

— Tes yeux ont changé… C'est donc arrivé ! se réjouit ma mère. Alexandre t'a choisie comme héritière. Désormais, tu as retrouvé les tiens !

Je ne comprends pas la moitié de ses propos. Mon esprit est encore trop confus et endolori. Cependant, je saisis mon épée et j'observe mon reflet dans la lame. Auparavant, je possédais des yeux vairons : l'un gris, l'autre vert. Désormais, ils luisent d'un éclat vert émeraude qui m'évoque le regard d'un félin. Un détail attire mon attention. Lors du combat avec Breval, mon tee-shirt s'est déchiré, mettant mon épaule gauche à nu. Sur celle-ci, je distingue nettement la curieuse cicatrice qui marquait l'épaule d'Alexandre.

Horrifiée, je jette mon épée à terre. Je regrette aussitôt ce geste, car Adenora en profite pour s'emparer de mon arme.

— Comment as-tu su qu'Alexandre me désignerait, moi, fille de Ravisseurs, pour recevoir ses pouvoirs ? questionné-je ma mère, insensible à l'épée qu'elle pointe vers moi.

C'est alors que me reviennent en mémoire l'une des dernières paroles d'Alexandre, lorsque nous nous sommes réfugiés dans la clairière. Je me rappelle sa surprise en découvrant un sanctuaire, dont le secret de l'édification est connu uniquement de son peuple. Je me souviens de sa certitude quand il a affirmé qu'Edern ne pouvait être à l'origine de sa création. C'est à ce moment que la vérité s'impose à mon esprit. Je la contemple un instant ; je la trouve tellement hideuse, que j'en ai un haut-le-cœur.

Toutefois, j'ai besoin d'entendre ma mère me confesser la vérité. Je poursuis donc d'une voix relativement tranquille, en comparaison du bouillonnement infernal d'émotions qui s'épanouit en mon être :

— Pourquoi as-tu quitté Breval, alors que tu attendais un enfant de lui ?

— Fabio représente l'erreur de jeunesse que j'ai commise, se défend-elle, subitement agressive.

— Ton fils aîné est mort, lui annoncé-je avec froideur. Il a péri par le sortilège du déracinement de l'âme que je lui ai lancé…

Étrangement, Adenora semble se détendre. Aucune tristesse ne se lit sur son beau visage. Ma mère est telle qu'elle a toujours été : froide et calculatrice. Je n'éprouve que de l'aversion pour elle, car Adenora incarne tout ce que je réprouve. Je m'interroge même, une fraction de seconde, sur notre lien de parenté. En effet, comment est-il possible que nous soyons si différentes l'une de l'autre, alors qu'une seule génération nous sépare ? Je n'ai pas de réponse, seulement de la colère et mes larmes.

— Tu me dois la vérité ! insisté-je.

— Je ne te suis redevable de rien, Alara,

réplique-t-elle, reprenant un air arrogant.

—Ne m'oblige pas à recourir à la magie, dis-je d'une voix menaçante. Réponds à mes questions ! Pourquoi n'as-tu pas dénoncé Jaoven lorsque tu as lancé le sort d'usurpation ?

A ce moment, l'aube apparaît dans toute sa splendeur. Des rayons éclatants resplendissent sur la plage, la teignant d'une couleur rose pâle ravissante. Ma mère a un mouvement de panique en constatant que le jour se lève. Elle murmure une excuse, avant de tenter de s'enfuir vers le village. Mais je n'ai qu'à claquer des doigts, et une barrière de feu se matérialise devant elle.

Depuis que je pratique la magie, j'ai conscience de mon aisance à jeter les sortilèges ainsi qu'à manier les éléments. Mais, maintenant que la magie d'Alexandre coule dans mes veines, recourir à la magie m'est aussi facile que le simple fait de respirer.

— Tu ne me laisses pas le choix, déclare Adenora en revenant sur ses pas, de façon à ce que nous nous trouvions face-à-face. Très bien, soupire-t-elle. Si tu veux la vérité, alors tu l'obtiendras… Mais, j'exige une condition.

— Tu n'es pas en mesure de réclamer quoi que ce soit ! lui fais-je remarquer, sur un ton acide.

— Je te demande de me laisser partir, Alara.

— Pourquoi t'accorderai-je une telle faveur ? dis-je avec un dédain patent.

— Parce que je suis ta mère… et si cela ne constitue pas un motif valable, alors, c'est parce que tu n'es pas une meurtrière, Alara.

Adenora a visé juste. Le coup porte ; je ne peux me résoudre à sombrer dans la folie. Si je cède à mes pulsions de revanche, alors, je ne vaudrais pas mieux que les Ravisseurs.

— D'accord. Maintenant, dis-moi la vérité ! Dis-moi *qui* je suis réellement.

Contrairement à son habitude, ma mère tient ma parole. Elle me livre alors, pour la première fois, le récit de son histoire. Je l'écoute attentivement, mes oreilles aspirant chaque mot qu'elle prononce.

11

Adenora est née dans un village, au bord de la mer. Dès sa plus tendre enfance, ma mère a manifesté des facilités déconcertantes à manier la magie. Ses parents ont toujours éprouvé une grande fierté pour leur fille. Très vite, en devenant adulte, Adenora s'est imposée comme l'une des Enchanteresses les plus prometteuses… car ma mère est née dans une famille pratiquant la magie… Une famille descendant d'Alix, l'aïeul commun à toutes les Âmes Perdues.

Plus tard, Adenora a rejoint le Conseil des Enchanteurs. A cette époque déjà, c'est Alexandre qui dirigeait le clan. Ma mère a proposé de partir fonder un autre village d'Enchanteurs. Elle désirait emporter avec elle des pierres de pouvoir. Lorsqu'elle se serait établie, elle choisirait plusieurs personnes à qui elle enseignerait la magie. Mais, sous prétexte de partager les pierres de pouvoir avec les humains, Adenora n'avait d'autre ambition que de former un clan d'Enchanteurs rival de celui d'Alexandre. Son ambition était patente, et Alexandre ne fut pas dupe. Il lui interdit de quitter le village.

Peu de temps après, Adenora fut exclue du Conseil, à l'unanimité de ses membres. Ma mère était devenue une menace à l'équilibre du clan. Furieuse, Adenora choisit de voler des pierres de pouvoir. Elle se faufila, à la nuit tombée, dans la réserve où étaient conservées ces précieuses gemmes. Mais, les membres du Conseil soupçonnaient un tel stratagème. Adenora avait à peine eu le temps d'attraper une poignée de pierres de pouvoir, que des guerriers surgirent et l'arrêtèrent. Elle fut emprisonnée, dans une cellule identique à celle dans laquelle vécut Fabio. Au bout d'un mois, elle fut relâchée. Adenora fut bannie du clan des Enchanteurs.

Avant cela, Alexandre lui retira ses pouvoirs. Ma mère s'enfuit et ne pardonna pas. Elle alla vivre parmi les humains. Pendant une année, elle ne cessa de ruminer sa vengeance, jusqu'au jour où elle put mettre en œuvre son plan machiavélique. Adenora séduisit un chef de tribu, du nom de Breval. Elle lui révéla l'existence de la magie ainsi que du clan des Enchanteurs. L'avidité naquit bien vite en l'esprit de celui qui devint rapidement son amant, puis, son fiancé. Avec sa tribu, Breval partit s'installer non loin du village des Enchanteurs. Suivant les conseils d'Adenora, il se rapprocha d'eux jusqu'à gagner leur confiance.

Pendant ce temps, Breval envoya des messages à plusieurs tribus avec lesquelles il entretenait de bonnes relations. Les Enchanteurs, ignorant le rôle d'Adenora et la convoitise de Breval et de ses suiveurs, furent ravis de partager leur savoir avec des êtres humains. Tout se passait pour le mieux.

Mais, un jour, les membres du Conseil du clan des Enchanteurs voulurent rencontrer la fiancée dont Breval leur parlait sans cesse. Adenora comprit qu'elle avait commis une erreur. Elle le quitta donc dès le lendemain. Ma mère avait rencontré un homme d'une autre tribu. Celui-ci se montrait très sensible à ses charmes. Adenora devint rapidement sa fiancée. Cet homme se nommait Madog. Toutefois, ma mère resta proche de Breval. Elle le conseilla dans l'élaboration du projet de vol des pierres de pouvoir.

Quant à la suite, Adenora subit la malédiction, ainsi que Breval, Madog et tous ceux qui participèrent à ce complot.

12

— Je n'ai qu'un regret, me confie-t-elle tandis que son regard se perd dans le vague, c'est d'avoir abandonné mon fils, Alar… Il possédait le même don que toi pour la magie, mais Alar s'est toujours refusé à la pratiquer. Enfin, il a préféré une existence terne. Ton frère avait beau avoir un potentiel énorme, il a toujours manqué cruellement d'ambition.

— Alar est le seul de tes enfants qui a pu mener une vie paisible et heureuse. Ce n'est pas comme Abriel, ou moi, qui nous sentons responsables de…

— Abriel est en vie ? s'écrie Adenora. Ah ! Je ne l'aurais pas pensé. Peut-être l'ai-je sous-estimé… Après tout, il est mon fils.

— Tu es un monstre, dis-je, horrifiée par sa froideur.

— Non, Alara, repartit-elle. Mais je suis intelligente et ambitieuse… tout comme toi.

— Je n'ai rien de semblable avec toi ! lui crié-je,

indignée qu'elle puisse me comparer à elle.

— Ah ! Oui ? Alors, dis-moi : tu n'as jamais rêvé de devenir une Enchanteresse ? Car, je ne suis pas dupe, ma fille. Je sais que si tu as suivi Jaoven dans sa fuite, c'est dans l'espoir de maîtriser la magie et d'acquérir de la puissance… chose qui t'était impossible à réaliser parmi les Ravisseurs.

— Non ! me révolté-je. Je ne suis pas comme toi ! Je ne le serai jamais ! JAMAIS !

— Et pourtant, poursuit Adenora, impitoyable, te voilà l'héritière d'Alexandre, la plus puissante des Enchanteresses. Je suis heureuse de savoir qu'il a choisi ma fille pour recevoir ses dons… Enfin, ma vengeance est complète.

— J'aimais Alexandre, repartis-je. Si j'avais pu, j'aurais donné ma vie pour le sauver…

— Cesse de proférer des idioties ! me rabroue-t-elle durement. Si tu l'aimes tant que ça, alors ne gaspille pas inutilement son don… A présent, j'ai tenu ma promesse : laisse-moi m'en aller.

— Une dernière chose… Est-ce toi qui as bâti le sanctuaire dans la forêt ?

Cette question semble la dérouter. Un instant, elle fronce les sourcils, l'air contrarié, avant de me répondre :

— Je l'admets. Il faut croire que je suis restée attachée à certaines croyances de mon clan d'origine. Maintenant, je dois te quitter, Alara. Mais, je te promets que nos chemins se recroiseront. Et j'espère que je n'aurai pas à rougir de toi, alors.

Face à tant de froideur et de méchanceté, je n'ai ni

l'énergie, ni l'envie de répondre. Au lieu de cela, je me laisse tomber à genoux dans le sable. Puis, je ferme les yeux.

— Va-t'en ! Avant que je ne change d'avis.

J'entends ensuite le son étouffé des pas de ma mère sur le sable. Avant de partir, elle s'approche de moi. Adenora dépose un baiser sur mon front. Elle chuchote alors à mon oreille : « *Tant que la magie vivra, la lignée resplendira.* Sois fidèle à la devise de notre famille. Adieu, Alara ! »

J'ouvre brusquement les yeux. Adenora s'est volatilisée, comme par magie. Je me retrouve seule avec mon désespoir. La douleur est plus forte que jamais. Je ne veux plus lutter, la souffrance envahit mon être entier, au point que j'en éprouve une douleur physique.

Alors, seulement, je m'étends dans le sable. Je ne sais combien de temps je reste ainsi. Je souhaite prolonger ce moment le plus longtemps possible, car, lorsque je me relèverai, ce sera pour affronter ma destinée.

Dorénavant, je suis une Âme Perdue.

Chapitre 3 :
Ceci n'est pas la fin

1

Le vent souffle avec force sur le sommet de la falaise. Le soleil s'est à peine levé. Pourtant, je suis réveillée depuis des heures. Je n'arrive presque plus à trouver le sommeil.

Dix jours se sont écoulés depuis la disparition d'Alexandre. Je ne parviens pas à m'en remettre. En réalité, je doute que cette blessure puisse cicatriser un jour. Je crois que nous vivons avec certaines douleurs et, qu'en quelque sorte, elles deviennent une part constitutive de notre être. Selon moi, si cette souffrance m'était ôtée, alors, le souvenir des moments heureux passés avec Alexandre sombrerait dans le néant. Je préfère vivre avec cette douleur quotidienne, plutôt que de l'oublier. Depuis cette nuit, où nous nous sommes unis dans le lac sacré, Alexandre et moi n'avons plus formé qu'un. Et il en sera ainsi jusqu'à ce que la vie quitte mon corps.

J'ai été satisfaite d'apprendre que le plan des Âmes Perdues a fonctionné. Breval, conseillé par Madog et les Aînés, avait envoyé la quasi-totalité des Ravisseurs attaquer le village des Âmes Perdues. La ruse de Loïc et de Tristane a marché tant et si bien qu'ils ont capturé tous les membres de l'armée de Breval. La plupart a abdiqué leurs pouvoirs, optant pour le retour à une vie humaine, plutôt que de retourner affronter la colère de leur chef. Quant à ceux qui n'ont pas cédé, leurs pierres de pouvoir leur ont été confisquées et leurs possesseurs incarcérés.

Grâce au ruban vert qu'Alexandre m'a remis, j'ai pu retrouver les trois chaudrons contenant les pierres de pouvoir. Oana a ainsi pu devenir une Enchanteresse, à l'instar de Caroline et d'Edern. Quant au reste des pierres de pouvoir, les noms de ceux qui les recevraient ont été tirés au sort afin d'appliquer une répartition juste. Parmi eux, le nom de mon frère, Abriel, a été choisi. Au final, un quart des Âmes Perdues a récupéré ses pouvoirs. Malgré cette victoire, plusieurs mystères restent à élucider.

En effet, Breval, Madog, ainsi que les Aînés, à l'exception d'Edern, ont disparu ; de même, Izolda et Kelig se sont volatilisés. Les sept autres chaudrons demeurent cachés. De plus, en me choisissant comme héritière, Alexandre a rendu la malédiction éternelle… du moins, elle sera rompue lorsque l'un ou l'autre clan aura triomphé. Tant que la malédiction perdurera, je devrais veiller sur les Âmes Perdues.

En apprenant la nouvelle du trépas de son ancêtre, Oana a manifesté une sincère tristesse. Elle était attachée à son aïeul. Cependant, elle s'est félicitée qu'il m'ait choisi pour prendre sa place. Oana m'a proposé de devenir chef, mais je l'ai priée de continuer à mener le clan. Je me suis contentée de négocier quelques changements. Afin de mener ma mission à bien, j'ai été intégrée au Conseil du clan des Âmes Perdues… désormais mon clan. Je n'ai accepté qu'à la condition qu'Abriel et Jaoven en fassent également partie. Oana a accédé à toutes mes requêtes, sans broncher. Cela me prouve que j'ai sa confiance.

J'ai donc choisi de m'établir pour quelques temps sur la presqu'île. Plusieurs Âmes Perdues m'ont rejointe également. Parmi elles, se trouvent Tristane et Loïc. Je leur sais gré de m'avoir suivie, car la solitude ne me sied guère. Jaoven est venu aussi, ainsi qu'Abriel. Klaoda est restée, mais je pense qu'elle l'a fait essentiellement pour être avec mon meilleur ami.

Elina et Elarig ont décidé, quant à eux, de rester au village des Âmes Perdues. Et je les comprends : après avoir passé tant d'années à essayer de s'échapper, ils n'ont nulle envie de revenir. Et puis, je crois qu'ils serviront bien mieux les Âmes Perdues en demeurant au village, auprès d'Oana.

2

Depuis dix jours, j'ai investi la Demeure de l'Apprentissage. C'est curieux, car il s'agit de l'un des seuls lieux où je me sente à peu près bien. Lorsqu'il l'a appris, Jaoven est venu s'y installer, redoutant de m'y laisser seule. Je n'ai pas protesté. A vrai dire, je n'avais pas d'objection à lui opposer. Klaoda et Abriel nous ont rejoints. Les jours s'écoulent paisiblement. D'ici peu, il me faudra me remettre en quête de Breval et des pierres de pouvoir.

J'inspire profondément ; l'air glace mes poumons. Et cela me revigore. Je m'avance jusqu'au bord de la falaise. Un instant, je m'évade en songe de la presqu'île et de la malédiction. Mon esprit butine de pensée en pensée. Je m'arrête sur l'image du visage souriant de Clerig. Je l'ai gravé dans ma mémoire. Étrangement, ce souvenir que j'ai gardé de mon amie me réconforte, car j'ai la sensation que son âme est enfin en paix.

Le son d'une porte qui claque me fait sursauter. Je me retourne : Jaoven court vers moi. Je lis de l'inquiétude sur son visage. Puis, lorsqu'il constate qu'il n'y a aucun danger, son expression s'apaise.

— Tu es bien matinale, me lance-t-il d'une voix qui se veut enjouée mais qui ne parvient pas à effacer tout relent de préoccupation.

— Toi aussi, lui fais-je remarquer. Comment va Klaoda ? dis-je, changeant brusquement de sujet. A ton avis, est-ce qu'elle se plaît ici ?

Une rougeur teinte le visage de mon meilleur ami, avant qu'il ne me réponde :

— Elle semble heureuse…

— Tant mieux ! Elle le mérite.

Puis, j'ajoute, en me tournant vers lui, sur un ton grave :

— Tu devrais prendre soin de Klaoda. Comme nous, elle a tant souffert... Je suis heureuse pour elle et pour toi.

— Le bonheur reste à ta portée, Alara, réplique-t-il avec un sourire bienveillant. Il te suffit de le vouloir.

D'un geste de la main, je le réduis au silence. Il est trop tôt pour entrevoir une telle possibilité. Jaoven le comprend. Je remarque que, de plus en plus souvent, nous n'avons pas besoin de nous parler pour communiquer. Les événements récents nous ont rapprochés. J'éprouve une sincère affection fraternelle envers mon meilleur ami.

A nouveau, je contemple la mer. Je ne parviens pas à me lasser de ce spectacle. Chaque matin, j'observe le remous des vagues, j'inspire l'air marin. C'est comme un baume apaisant que j'étale sur mon âme meurtrie.

Sans un mot, Jaoven attrape ma main. J'exerce une légère pression, qu'il me renvoie. Une brève sensation de contentement me traverse à l'idée que je ne suis pas seule.

Désormais, j'ai un nouveau clan et une véritable famille.

Grâce à eux, je briserai la malédiction.

Grâce à leur soutien et à leur combativité, nous vaincrons les Ravisseurs. Alors, seulement après cela, je serai heureuse, car Alexandre n'aura pas disparu en vain.

Adieu, mon âme sœur ! Je ne t'oublierai jamais.

C'est aujourd'hui que tout commence.

Épilogue

Une douleur fulgurante me traverse le crâne, au moment où j'ouvre les yeux.

Après plusieurs battements de cils, mes yeux s'accoutument à la luminosité, pourtant faible, de la pièce. Je ne distingue que des murs gris. L'humidité empeste dans la pièce. J'essaie de porter ma main à mon visage. C'est alors que je réalise que des liens me retiennent allongé.

Au fur et à mesure que je retrouve mes esprits, je constate que je suis attaché, par les mains et les pieds, à une planche de bois, qui constitue probablement le dessus d'une table.

Je tente de me libérer. En vain. Les cordes ont été solidement nouées autour de mes poignets et de mes chevilles. Mon corps entier est endolori.

Soudain, je prends conscience d'une évidence : je suis en vie ! Par quel prodige, est-ce possible ? Je n'en ai pas la moindre idée.

Le grincement d'une porte envahit l'espace. De là où je suis, je ne discerne qu'une silhouette grande et massive, probablement celle d'un homme. Ce n'est que lorsqu'il s'approche du lit pour ensuite prendre place sur un tabouret, que je suis en mesure de le reconnaître.

Un sentiment d'horreur me submerge. J'ai l'impression de vivre un cauchemar éveillé. Car l'homme qui se penche vers moi n'est autre que Breval.

— Comment te sens-tu ? m'interroge-t-il, l'air faussement préoccupé. Tu étais dans un très sale état quand je t'ai amené, ici. Heureusement, Adenora est capable d'accomplir des miracles. Le plus curieux, c'est que je n'ai pas eu beaucoup de mal à la convaincre. Et pourtant, crois-moi, elle te hait, Alexandre.

— Pourquoi m'as-tu soigné ? Et surtout, comment Adenora a-t-elle réussi ? m'enquiers-je, luttant contre mon mal de tête.

— C'est toi qui me demandes ça ? Oh ! Si tu savais comme je suis déçu, me dit-il d'une voix mielleuse. Car, d'entre nous tous, tu devrais connaître le mieux les lois de la magie… Et, il s'avère, poursuit Breval sur un ton léger, que l'équilibre en constitue la règle fondamentale.

Devant mon air interdit, mon interlocuteur enchaîne, tandis qu'un rictus s'épanouit sur ses lèvres. Cela n'augure rien de bon. Les propos de Breval confirment mon intuition.

— Cela signifie que la magie ne peut être annihilée… Ainsi, lorsqu'une personne, disons, par exemple, un membre du clan des Ravisseurs, reçoit les pouvoirs d'une Âme Perdue, celle-ci laisse un vide derrière elle… Un vide qu'il faut combler, achève-t-il sur un ton qui n'a plus rien de jovial.

— Non, me défends-je, comprenant ce qu'insinue Breval. Non, je ne te crois pas.

— Pourtant, tu devrais.

A ces mots, Breval attrape un miroir, accroché à un mur. Il le place face à mon visage : ce que j'y découvre me glace les os. Autour de mon cou, un collier, dont le pendentif est une délicate pierre octogonale aux reflets vert émeraude, est accroché. Breval se délecte de l'horreur qui m'envahit en cet instant.

Comme pour m'assener le coup final, il me lance :

— Bienvenue parmi nous, Alexandre. Désormais, tu es l'un des nôtres. Et les Ravisseurs prennent soin les uns des autres.

J'ai l'impression que le monde entier est en train de s'écrouler. Soudain, je pense à Alara, à celle que j'ai dû quitter pour permettre aux Âmes Perdues de survivre. Je saisis alors la raison du sauvetage de Breval.

— Tu as enfin compris, lâche mon ennemi. Étant un Ravisseur, tu es à présent un ennemi des Enchanteurs… Plus que tout, tu es celui d'Alara.

— Alara… Non ! NON !

L'air satisfait face à ma détresse, Breval quitte la pièce.

Mon ennemi me laisse seul, avec une pensée unique, obsessionnelle, qui me hante : je suis un Ravisseur.

FIN

A suivre

Tome 3 : Le Sortilège des Ténèbres

Prologue 1
Alexandre

La peur me ronge. Je la sens infiltrer mon organisme et mon esprit dans les moindres recoins. Oh ! Ce n'est pas pour moi que je redoute le destin qui se dresse. Je n'ai jamais éprouvé la moindre peur en ce qui me concerne.

Pourtant, je suis terrorisé à l'idée qu'*ils* lui fassent du mal. Le pire est que Breval compte se servir de son meilleur atout pour atteindre l'être que j'aime le plus au monde et que j'ai dû abandonner. Si j'ai renoncé à *elle*, c'était uniquement pour sauver mon peuple. Les Âmes Perdues ont désespérément besoin d'une Enchanteresse qui saura éclairer leur chemin pour les libérer.

Pendant plus de cent douze ans, j'ai tenté de les affranchir de la malédiction et de l'emprise des Ravisseurs. En vain. Malgré ma détermination et mon amour pour mon peuple, j'ai échoué. Mais, au fond de moi, je sais qu'Alara possède tous les atouts pour y parvenir. Et pas seulement parce qu'elle représente l'Enchanteresse la plus puissante de tous les temps. Son cœur est pur et empli d'amour. Elle ne cessera de se battre que le jour où les Âmes Perdues ne seront plus.

Alors, le clan des Enchanteurs revivra et les Ravisseurs redeviendront ce qu'ils ont toujours été : des êtres perfides et avides d'un pouvoir qui n'était pas destiné à être le leur.

Pour l'instant, je tente d'éradiquer cette angoisse qui aveugle mes sens. Je suis obnubilé par Alara. Hélas ! Il est trop tard pour intervenir. Je ne peux la protéger face au nouveau maléfice qui se prépare.

Du fond de ma cellule, il ne me reste plus qu'à espérer que celle que j'aime possède assez de force et de courage en elle pour résister au Sortilège des Ténèbres.

Prologue 2
Jaoven

Chaque jour qui passe, Alara s'isole un peu plus de nous. Pourtant, nous représentons sa famille et ses alliés. Ma meilleure amie devrait savoir que notre force réside dans notre union. Mais, elle se mure dans un silence qui me meurtrit. Il me semble qu'Alara n'a plus goût à rien. Son seul intérêt porte sur la malédiction des Âmes Perdues. Elle est obsédée par le fait de la lever afin de libérer ceux qu'elle considère désormais comme son peuple.

Chaque jour, Alara me répète qu'elle doit accomplir sa mission… ne serait-ce que pour donner un sens au sacrifice d'Alexandre. Bien sûr, ma meilleure amie est incapable de prononcer son nom. Sa perte est encore trop récente. Je me demande si Alara guérira un jour de cette blessure. Si je me montre complètement honnête, je crois qu'elle n'a nulle envie d'oublier Alexandre. L'amour qu'elle éprouve pour l'ancien Enchanteur la marquera toute son existence.

Si Alara persiste sur ce chemin, elle finira par vivre dans la solitude. Je n'ai qu'une peur : une fois la malédiction levée, je redoute que ma meilleure amie décide de tout abandonner derrière elle. A plusieurs reprises, elle a évoqué une demeure, dans la montagne qui conduit au lac sacré des Enchanteurs. Alara désire s'y réfugier une fois sa mission accomplie. Elle désire se noyer dans le souvenir de son âme sœur.

Assister à sa souffrance, jour après jour, me brise le cœur. Mais, Alara refuse de s'ouvrir à moi. Alors, en réponse, je ne peux que lui témoigner mon affection et notre soutien indéfectible à tous. Depuis la défaite des Ravisseurs, Klaoda, Abriel, Tristane, Loïc, Alan et moi-même sommes venus occuper la Demeure de l'Apprentissage où Alara a choisi de s'établir. Je prie pour que notre présence la ramène à la vie.

Ces derniers temps, il me semble percevoir un changement dans l'atmosphère. L'air qui souffle sur la falaise n'a plus la même odeur. Il paraît chargé de soufre. J'ai l'impression que *quelque chose* se prépare. Tous les matins, je constate que le ciel est plus sombre que la veille. Une pluie battante se déverse sans discontinuer depuis plus d'une semaine sur la presqu'île où les Ravisseurs ont vécu tant d'années, emprisonnés par le sortilège d'Alexandre.

Aujourd'hui, tout change… et je ne sais si ce sera pour de meilleurs lendemains.

A Suivre...

Les Origines des Enchanteurs

Il y a quelques années, j'ai fait un rêve bien étrange. J'y voyais une belle jeune fille aux cheveux longs assise sur une plage déserte. Son regard était absorbé par la contemplation du ressac lent et régulier des vagues. Elle semblait attendre que *quelque chose* se passe.

C'est alors qu'arrive l'élément perturbateur de mon rêve : un beau jeune homme à l'élégante chevelure blonde ramenée en un catogan impeccable prend place à son côté. Au début, la jeune fille se méfie de cette inconnu. Puis, la conversation s'engage.

Après un temps, le jeune homme lui annonce qu'il doit partir. Mais elle n'en a guère envie. Elle voudrait qu'il reste avec elle, que ce moment se prolonge à l'infini. Alors, le jeune homme se penche vers elle et lui murmure qu'un temps viendra où la magie les réunira.

A mon réveil, une sensation de bien-être autant que de fébrilité m'enveloppait : je tenais une nouvelle idée pour un roman ! C'est ainsi qu'ont débuté les aventures d'Alara, de Jaoven, d'Audren et tous les autres.

Les Enchanteurs ont pris vie dans mes rêves pour devenir réalité ! Peut-être qu'un Enchanteur m'a réellement insufflé cette vision pour que je vous la raconte :-)

Amélie JEANNOT

Remerciements

Tout d'abord, je tiens à vous remercier. Vous, oui vous, lecteur ou lectrice de ce livre que vous tenez entre vos mains ou que vous lisez sur votre liseuse. Grâce à vous, j'ai commencé une fabuleuse aventure à vos côtés. Etre écrivain n'est pas facile tous les jours. Et je tiens à vous remercier grandement pour votre soutien quotidien pour chaque livre que vous lisez et partagez avec vos amis ou votre famille.

Chaque commentaire que vous faites est pour moi un cadeau et cela me fait énormément plaisir. Alors écrivez-moi un super commentaire 5 étoiles maintenant (oui, attrapez votre téléphone et hop, c'est fait !) et je serai la plus heureuse des auteures car c'est comme cela que, vous aussi, vous participez à mon rêve d'enfant qui prend forme aujourd'hui grâce à vous tous. Oui, je lis **TOUS** vos commentaires sur Amazon, Booknode, Babelio, Livraddict, Goodreads, Gleeph et toutes les autres plateformes.

Je lis également tous vos emails qui m'encouragent à continuer.

Merci de parler de mes livres à tous vos amis, collègues, membres de votre famille, chats et chiens... Merci à tous ceux qui ont fait des exposés également. Oui, ça m'aide énormément !

Merci aussi de vous abonner à ma chaîne YouTube (LeMondeDesLivresFantastiques), mes comptes insta (amelie_jeannot_auteur), facebook (amelie.jeannot.auteur), twitter (AmelieAuteur), de liker et partager toutes vos photos et vidéos préférées.

Si vous voulez suivre mon actualité, mes dédicaces, mes prochaines sorties de livres, abonnez-vous à ma newsletter sur mon site internet www.ameliejeannot.com. Je compte sur vous et je vous dis à très vite !

Ensuite je remercie également toutes les personnes qui ont cru en moi.

Mes premiers éditeurs qui m'ont permis de voir mon livre naître à partir de ma pensée posée sur un document d'ordinateur jusqu'au livre que l'on tient entre ses mains. C'est vraiment génial.

Je remercie également ma mère, qui compte beaucoup pour moi, même si, comme toute fille avec sa mère, on peut se chamailler un peu ;-) Je suis très contente d'avoir tout son soutien.

Un immense MERCI à mon époux (et super coach), qui me soutient depuis le début de cette belle aventure et qui me fait avancer tous les jours :-)

Je ne saurai poursuivre sans évoquer mes trois gros chats qui sont toujours là à mes côtés, surtout quand ils veulent venir me déranger gentiment en se couchant sur le clavier. Ça peut même changer le cours de l'histoire… mais pas trop non plus. Vous pouvez les voir en photo sur mon facebook, sur mon instagram et parfois dans ma newsletter.

Enfin, je remercie tous mes fans qui me suivent sur les réseaux sociaux (YouTube, Instagram, Facebook, Twitter...), viennent à mes séances de dédicaces par centaines, prennent des photos avec moi et partagent des émotions. Ils me font part du plaisir et du bonheur qu'ils prennent à lire mes romans fantastiques et de fantasy. C'est toujours un moment de bien-être et de plaisir partagés que de voir ce bonheur aussi bien dans les yeux pétillants d'une petite fille de 7 ans que dans les yeux qui brillent d'un grand-père de plus de 70 ans, avec cette étincelle qui fait rêver.

Merci à tous les parents qui ont choisi mes livres pour leurs enfants pour les mettre à la lecture ou juste parce qu'ils les aiment (et qui leur ont piqué en cachette tellement c'est top). Et merci à tous les enfants qui ont offert mes livres à leurs parents (pour ensuite les récupérer en toute discrétion car c'est toujours top).

Sans oublier tous les blogueurs, journalistes, magazines, magasins, librairies qui m'accueillent toujours avec le sourire et que j'ai plaisir à visiter pour une interview ou une séance de dédicaces. N'hésitez pas à me contacter par email pour tout projet, qu'il soit en lien avec mes livres ou le domaine du fantastique. Steven Spielberg, Luc Besson, si vous m'entendez, contactez-moi :-D

Ecrivez-moi à aj.auteur@gmail.com.

Je conclus avec cette phrase que j'aime beaucoup : Que du bonheur !

Et cela avec votre aide à tous alors encore **MERCI** de participer à tout cela et de vivre avec moi cette fabuleuse aventure !!!

Amélie JEANNOT

Le mot de l'auteur

L'ETOILE MONTANTE DU FANTASTIQUE EN FRANCE

« L'étoile montante du fantastique en France ». C'est comme cela qu'un journaliste m'a nommée et depuis, je garde cette jolie phrase en tête comme un doux rêve, qui un jour, je l'espère, se réalisera avec vous.

Bonjour à toi, lecteur ou lectrice. Je m'appelle Amélie. Amélie JEANNOT pour être plus précise. Lors de mes rencontres avec les lecteurs ou journalistes, une question revient assez régulièrement : « Présentez-vous. » Alors je profite de ce moment de pause après que vous avez terminé ce livre pour me présenter et vous en dire un peu plus sur moi.

Je vis avec mon mari, notre adorable bébé et nos trois gros chats. Ils sont gentils comme tout, même s'ils sont assez filous pour la nourriture. Ils adorent les gratouilles, surtout pendant que je cherche l'inspiration à la maison. Je les adore, ils sont si mignons.

Je travaille à Paris dans les parcs et les cafés parisiens sur mon ordinateur portable que j'emporte facilement avec moi. Dès que me vient l'inspiration, je m'installe et j'écris mes idées aux détours de monuments historiques pour des détails de décors ou en traversant les foules toujours dans l'action pour décrire des scènes qui bougent.

J'ai commencé à écrire à l'âge de 14 ans. Avant, je griffonnais quelques idées sur des feuilles de papier. C'était les prémices de ce qui deviendrait, un jour, un livre. En effet, après avoir lu tout un tas de livres de style fantasy et fantastique, je n'avais qu'une hâte : celle d'écrire mon premier roman. Les idées fourmillaient dans ma tête de jeune adolescente. Je ne vous cache pas qu'il m'a fallu beaucoup de retouches pour arriver au manuscrit final.

Quand le livre est sorti, j'étais aux anges. Je n'y croyais pas. Je me souviens même avoir versé une petite larme, mais gardez cela pour vous, hein ? J'avais 21 ans.

Ensuite, j'ai continué avec un autre roman qui est sorti quand j'avais 23 ans. Mes premières dédicaces arrivèrent. Confrontée aux lecteurs, j'étais timide et avais du mal lors de mes débuts. Voyant que les lecteurs étaient bienveillants et dans cette attente, j'ai pris confiance en moi et je remercie tous les lecteurs qui m'ont fait confiance pour cela.

J'ai pu aider de nombreux futurs auteurs à se lancer et à reprendre confiance en eux pour arriver à atteindre leur but lors de conférences et ateliers d'écriture que j'ai animés avec mon mari, coach en développement personnel. Je suis contente des retours positifs des participants et je croise les doigts pour eux.

Aujourd'hui, j'ai pour objectif d'atteindre la cinquantaine d'ouvrages d'ici quelques années. J'ai plusieurs histoires que je n'ai pas encore publiées pour prendre le temps de les adapter à mes nouvelles idées et aussi pour les rendre les plus parfaites possibles pour vous, lecteurs :-)

Je souhaite vraiment continuer à vous faire rêver le plus longtemps possible avec mes histoires. Ce serait « magique ». J'espère que vous avez aimé mon livre en prenant plaisir à le lire et que vous aimerez encore plus mon prochain livre.

A très vite pour de nouvelles aventures fantastiques.

Amélie JEANNOT

A propos de l'auteur

Amélie JEANNOT écrit depuis l'âge de quatorze ans. Elle tire son inspiration des univers oniriques tels que ceux décrits dans les romans de J.R.R. Tolkien (*Le Seigneur des Anneaux*), J.K. Rowling (*Harry Potter*), Guy de Maupassant (*Les Nouvelles Fantastiques*), ou encore, Robin Hobb (*Assassin Royal*).

Ses premiers récits sont des nouvelles fantastiques qui rencontrent un fort succès auprès de ses amis, ainsi que de son professeur de français qu'elle sollicite.

En 2006, elle intègre Sciences Po Paris où elle obtient son Master Affaires Publiques en 2012.

Aujourd'hui mariée et maman d'une petite fille, Amélie JEANNOT exerce comme consultante. Sa passion demeure l'écriture et occupe une place de premier plan.

Des projets plein la tête, les prochaines années risquent de vous apporter beaucoup de surprises. Sont prévus les traductions de ses romans en anglais et en espagnol, les AUDIOBOOKS en français et en anglais, sans oublier la suite de certaines aventures, mais aussi une nouvelle saga remplie de magie et de mystères.

Contacter l'auteur

www.ameliejeannot.com

aj.auteur@gmail.com

Amazon
Amélie Jeannot

YouTube
LeMondeDesLivresFantastiques

Instagram
amelie_jeannot_auteur

Facebook
amelie.jeannot.auteur

Twitter
AmelieAuteur

Merci de me laisser un commentaire

Merci d'avance de me laisser un super COMMENTAIRE 5 ETOILES sur internet sur ce livre avec une belle photo de celui-ci pour m'aider à me faire connaître sur Amazon, Booknode, Babelio, Livraddict, Goodreads, Gleeph ou autre et d'en parler un maximum autour de vous :-)

Cela me fera extrêmement plaisir de lire tous vos messages !!!

A très vite pour de nouvelles aventures !

Amélie JEANNOT

Printed by Amazon Italia Logistica S.r.l.
Torrazza Piemonte (TO), Italy

24216166R00161